中国短经典

贾平凹 著

人极

人民文学出版社

图书在版编目(CIP)数据

人极/贾平凹著.—北京：人民文学出版社，
2018
(中国短经典)
ISBN 978-7-02-014628-4

Ⅰ.①人… Ⅱ.①贾… Ⅲ.①短篇小说-小说集-中
国-当代 Ⅳ.①I247.7

中国版本图书馆CIP数据核字(2018)第227001号

责任编辑 **卜艳冰 杜玉花**
装帧设计 **高静芳**

出版发行 **人民文学出版社**
社　　址 **北京市朝内大街166号**
邮政编码 **100705**
网　　址 **http://www.rw-cn.com**

印　　制 **上海利丰雅高印刷有限公司**
经　　销 **全国新华书店等**

字　　数 **145千字**
开　　本 **890毫米×1240毫米 1/32**
印　　张 **8.25**
版　　次 **2019年1月北京第1版**
印　　次 **2019年1月第1次印刷**

书　　号 **978-7-02-014628-4**
定　　价 **49.90元**

目录

猎　人

戚子绍在礼拜五的下午去秦岭打猎时要带上一个叫夏清的女子。王老板问是不是情人。戚子绍说才认识的，应该是熟人，女熟人。王老板就认为打猎带女人不好，又累又不安全，而且三天里住宿也不方便。戚子绍噎了一句："你舍不得花钱了?!"王老板便不再嘟囔，将车开到A路B楼外的花坛边按喇叭，一长一短地按得生响。楼道里跑出来的却是两个女人，打头儿的是个胖子，四肢短短的，跑起来像是鸭子。戚子绍迎着阳光，把眉头皱成一疙瘩，等胖子跑过来了，一边替后边的夏清拿了大包小包，一边却对着胖子笑。

"怎么个给你拨电话也联系不上！我还担心你不能去呢！"戚子绍说。

"怕不是吧。"胖子做着鬼脸。胖子做鬼脸的时候很性感。“认识了夏清就不想见我了？这我知道。可我和夏清是笼沿连着笼襻儿，不拆伴的！”

夏清站在车尾，抿着嘴笑，戚子绍又一次笑了。

“我怀疑你俩是同性恋！”

“或许是吧！”

王老板已经把车门打开，胖子的一只腿伸进去，又取出来，哇地叫了一下，瞧见了装在里边的长舌帽、爬山鞋、军用水壶、雨伞、毛毯、一袋子矿泉水和三支长长短短的猎枪。说：“戚处长，你还真的是个猎人了！”

“干啥就要像啥么！”戚子绍在后车厢帮夏清将一个大旅行袋放好，这是一顶军用的野营帐篷。戚子绍低声说：“是你通知了她？”夏清说：“你打电话过来时她就在旁边，我不能瞒了她。”戚子绍说：“傻女子！”夏清说：“我是傻。”蓝底碎白花的裙子在阳光下一抖，戚子绍觉得满地都是坠落的花瓣了。胖子在问王老板：“这是你的三菱吉普？多有个性的车，我就喜欢红颜色的！”王老板说：“是小了点，但爬山功能好。”戚子绍关了后车厢盖，悄悄说：“他是我的客户。”揩了夏清手背上的一点土，夏清忙把手塞进了口袋里，戚子绍却冲了胖子说：“车不错吧，老王可是个大老板喽！”胖子说：“你净结识大老板！”戚子绍说：“也结识美女哇！”走到前面，为胖子拉开车门，很绅士地说：“请！”胖子却说：“是要我坐在前边，你们坐后边呀？我也偏坐在后边！”把吃的喝的用的东西，往前边座位上堆，堆成一个小山。

“不愿意我坐后边？”胖子让戚子绍坐在后座位的中间了，自己挤进来。戚子绍说：“这盼不得么，东宫西宫，我过的是皇帝生活么！”故意摇晃着身子，将手在胖子的膝盖上拍了一下，便问：“最近做啥哩？”胖子说：“啥也没做，只做爱。”四个人都噗地笑了。戚子绍说：“这话说得好！王老板，你瞧我这女熟人有意思吧？”胖子说：“我可告诉你，下次再出来玩不首先通知我，我会生气的。你要待我好些，我可以继续给你批发美人。我是胖了点，我的女朋友却没有不漂亮的！”

戚子绍确实是先认识了胖子，然后通过胖子认识了夏清的。那日他在一个朋友家搓麻将，麻将桌上有胖子，她是一家公司的职员，询问他们银行能不能采用她经销的UPS不间断电源器，这是微机上使用的配件，一旦使用上了就能长期使用。“这有什么问题呀，”戚子绍是当场拍了腔子，“用谁的配件都是用，辞掉别的供货用你们的就是了！”但过后他却没有动静。有一天胖子又来了，领着的是夏清，夏清是一个瘦高瘦高的女子，戚子绍就有些拘谨。戚子绍是见着了漂亮的女人就拘谨的。“你是上海来的？”他舌头硬硬地说了普通话。女人说：“鄂不是。”一听把我念成“鄂”，戚子绍才知道夏清是本城人，他就说西安还能有这么漂亮的女人呀，而且气质好。那天戚子绍说了许多话，都很幽默，简直是妙语连珠，胖子说你爱上她了？他说，哪里？胖子说，这你瞒不了我的感觉，瞧你想象力多好！第二天戚子绍就约了夏清去茶楼吃茶，夏清应约而来，来的还有胖子。戚子绍是有了许多话想要给夏清说，但胖子老在旁边，她们总是一块来一块去。戚子绍没有了机会，但戚子绍还是帮忙推销了。

秦岭在城南五十里外，车行驶了半小时，进了沣峪口，路就在峡谷的半崖上蜿蜒盘旋，每每车在拐弯处就倾斜，坐在座位中间的戚子绍就一会儿靠在胖子的身上，一会儿挤着了夏清，夏清被挤得嗷嗷地叫。戚子绍说："这是身子要倒的，与道德品质无关啊！"头与头要挨上的时候，戚子绍瞧着夏清的眼睛说贴这么长的睫毛，夏清说不是贴的。戚子绍用手去拔了一下，果然不是贴的，就感叹什么叫天生丽质。王老板故意把车开得很猛，三个人就颠得像在舞蹈。戚子绍就势用双臂搂住夏清和胖子，却叮咛王老板把反光镜拧上去，专心开车。王老板真的把反光镜拧了上去，声明他不会看的，他什么都没看见。就听着他们在后边说女人的高跟鞋和香水。戚子绍的观点是高跟鞋是世界上最伟大的一项发明，但香水却破坏了女人特有的体味。这话惹得胖子坚决反对，因为她今天没有穿高跟鞋而喷洒了浓烈的香水。夏清立即将双腿收缩在身下。戚子绍也就说了一句胖子的丝袜好，丝袜是女人的第二层皮肤。胖子说："只许看不许摸！你们常进山打猎吗？"戚子绍说："当然喽，差不多的礼拜都来！"胖子说："有钱有权的人真会生活！政府不是禁止民间有枪吗，你长长短短三支枪？"戚子绍说："这办了许可证呀！你需要办不？我可以帮你办一张。"王老板说："这可是真的，在西安市里戚处长没有什么事情他搞不定的！"夏清说："这我信的，你就是要颗原子弹，戚处长就说你要圆头的还是方头的。"车突然地一个急刹，胖子和夏清从座位上滚下去，而戚子绍一个前倾头撞在了前边的椅背上，哎哟叫了一声。一辆车从拐弯的对面擦身而过，在后面发出了剧烈的机器响。戚子绍脸色愠怒，随之解嘲说："王老板你是牺牲我呀？！瞧见了吗，刚才那辆车上坐着一位少妇！"

"你眼睛那么尖的？"胖子重新坐好，但她的丝袜被座位上的硬垫角剐破了。

"这就是猎人的眼睛！"戚子绍说，"看女人瞥一眼就知道什么模样了！那少妇倒有些姿色。"

三个人扭过头了，看见那辆车在后边二十米远停住，先是司机下来查看轮胎，接着是一个女人也下来，腰身很好，但脸是刀把脸。两个女人同时地噢了一声，汽车也已转过了弯道。

"戚处长是这样个欣赏水平呀？！"

戚子绍似乎也不好意思了，从前边的座位上拿起了一支枪，向窗外做着瞄准的姿势。

“我是侧面看她的，”戚子绍说，“侧面看了想犯罪，正面看了想自卫。”

“我现在也不能不怀疑你的枪法了。”胖子说。

“可以说，来秦岭打猎的没有谁能和我比枪法的！”戚子绍说，“我曾经一枪打下两只鸟的！”

“是两只鸟，”王老板作证，“鸟落了一树，一枪放上去，掉下来了一只，过一会儿，又掉下来了一只。”

“第二只是吓昏了的吧。”夏清说。

“不打鸟而让鸟掉下来才是高手！”戚子绍说。

两个女人却听不懂这样的话，相视着咯咯地笑。

“你瞧着吧，这次打猎我不往崖鸡子身上打一枪，却要猎到十只八条的！”

两个女人还是在笑。

戚子绍就给女人讲他和王老板上次猎崖鸡子的经历。如何潜伏在一个土沟里，看着对面崖畔上落着一群崖鸡子，咚地朝天放一枪，崖鸡子就扑棱棱地起飞了，飞过沟就落在这边崖畔上，咚地朝天又是一枪，崖鸡子又飞落到那边崖畔上。“崖鸡子是没脑子的，就像是夏清。”戚子绍趁机敲了一下夏清的鼻子。夏清回击了，捏了戚子绍的鼻子。戚子绍的鼻子被捏得发红，他继续说，他和王老板不停地朝天放枪，崖鸡子就不停地飞过来又飞过去，崖鸡子就累死了，接二连三地从空中像石头一样掉下来。

“哦。”

两个女人终于相信戚子绍是个猎人，一个真正的猎人了。

车愈往秦岭的深处去，景色愈好。山有开有合，云忽聚忽散。两个女人兴奋不已，后悔着从来没有进过深山，这般好的去处，住十天八天也不想回城了。戚子绍说：“那就不回去了，咱们就住在山里，到时候咱们六个人……”胖子说：“四个人怎么成了六个人？”戚子绍说：“那还有孩子呀！”胖子说：“想了个美！”车从一个隧道里穿过去，一阵黑暗，隧洞外是一个小的山村。

山村河的这边有几户人家，河的那边有几户人家。河这边的人家除了路边高高地架着皮管子接引了山泉里的水，为过往车辆冲洗外，又都开着饭馆。洞开的土窗外挂着酱黑色的腊肉、干蕨菜和酱条串成的卤汁豆腐干。卖饭的男人或女人圪蹴在门口的石头上。刚才车到的时候，一个肥胖的女人从厕所里出来，站在公路中间，一边系裤带一边乍了一下腿，车就地停了。肥胖女人扒住车窗往里一看，就乐了。

“是戚处长呀，不挡车你还不停哩！又来打崖鸡子啊？”

“打崖鸡子！”

“守着凤凰还要崖鸡子呀？”

“凤凰只能看不能吃么！是漂亮吧？”

“漂亮得像是狐狸变的。”

夏清低声说了句：“你是猪托生的！”下了车和胖子看这看那，看啥都稀奇。戚子绍觉得很得意，提醒着山里路不平，走路脚要抬高点，继续和肥胖女人搭讪：“近来打猎的多不多？”

“来得少了，你不知道吧，山顶上有了狗熊啦！都怕啦！”

“狗熊有啥怕的，以前又不是没出现过狗熊？！”

“这狗熊可是成了精了！上一个月来了个打猎的，也是开着辆小车来的，遇着了狗熊。狗熊一巴掌把半个屁股挖去了，人昏迷不醒地抬了下来，醒来说狗熊会说人话哩！”

“人会学着野物的声叫，哪里会有野物学人的话？”

“人都能学着野物的声叫，野物又怎么不能说人的话？”

“他一定是没打败狗熊，脸面上不能下来，胡诓哩。”

“反正是风声传得紧，来打猎的人少了。”

“那你就看着我怎么收拾这狗熊了！”

夏清和胖子听到他们说狗熊，已围过来听，听得面色都苍白了。待到戚子绍说他能收拾狗熊，就问：“你打过狗熊?”戚子绍说：“当然打过狗熊的，不管是什么厉害的野物，你只要摸清它的习性，没有猎不了的。狗熊么，也是个笨，它只会直线扑，你就只拐着弯儿和它斗。如果你碰到了一群狗熊，那你就更好打了。你只需藏在一个地方向它们开枪，一枪或许撂倒一只，另一只便顺着子弹也冲过来，你姿势不动地一个一个打。再如果你能引诱着一只向你扑来，一闪身让它扑下崖畔，后边的也就一条线的扑下崖畔。你可以直接到崖畔下收获罢了！”两个女人眼里闪动了惊异的光，说道：“这太精彩，太刺激了，咱们不打那些崖鸡子了，一定要到山顶去猎狗熊！”

王老板用油布一直在擦拭着车身，他不愿意把车继续往山顶上开。

“怎么能不去呢?”戚子绍说，“咱们不是打过熊吗?”

王老板含糊地点着头，说要去的话只能是他和戚子绍去，两个女人就留在这儿。这儿有吃有住的，又好玩，若去山顶遇见狗熊了，是该打狗熊呀还是顾及她们呀?

“咱是老猎手，还保护不了两个女人吗?”

两个女人欢喜跳跃，说：“要去么，我们一定要去么！”

车重新发动起来，向深山钻去。两个小时后，路拐着之字形向秦岭的主峰爬。两边都是大的松树，路面上不时地出现了松鼠，但都是影子般地穿过公路。两个女人又是大呼小叫，要汽车停下来，王老板没有听使唤，用力扳动着方向盘，因为弯道很大而路面又窄。突然间汽车油门加大，人似乎都飘起来，车的前面一只野兔在拼命地跑，不一会儿，车嘎地一声刹住了。戚子绍首先下去，从路上捡起了一条兔子的尾巴，兔子则泥浆般贴在地上。

到了道班，天就黄昏了。山顶道班是全程公路上最小的一个道班，只是一幢三间木屋，两个上了岁数的养路工。两个女人麻雀一般地喳喳乱叫，说这里是童话的世界，就在松树林子里捡蘑菇，采繁星般的小花。夏清说："我相信这里有各种各样动物的，动物都会说着人的话！"胖子噎道："你相信你也会长翅膀的！"两个女人闹起了小小的别扭。

可能是养路工寂寞得太久了，他们应允了客人就歇在这里，又提供吃的和喝的，但言语不多。尤其两个城市的女人向他们问这样那样的时候，显得手脚无措。木屋分两个小房间，原本两个养路工分住着，现在腾出一间来睡胖子和夏清，而在路的北边撑了军用帐篷，只有戚子绍和王老板去睡了。夏清对睡帐篷感兴趣，但帐篷里毕竟潮湿，保不住夜里又有什么野物闯进来。胖子便把木房里的旧的被褥抱出来，替换了带来的毛毯。"如果被褥上有虱子，"她说，"让吸有钱有权人的血去！"

戚子绍换上了一身的猎装，在林子里踱过来踱过去，感觉非常地好。后来采着了一朵红色的七瓣花回到木屋，夏清已烧了一盆水洗脸洗手。戚子绍将花插在她头上了，说："让我也洗洗。"手伸进盆了，在水里抓住了一双嫩手。夏清往出抽，抽不动，拿眼睛看了一下帐篷边的胖子，不动了，手觉得越来越小。

"要是只来你一个人多好。"

"这不可能。"

"为什么？"

"第一次见你的时候，她并不想让我见你的，后来想了想，才领我上去……"

"你要是没上来，我也不用她的配件了。"

"……"

"她真会利用你！"

"她也保护我。"

"傻姑娘！"

"……她也漂亮哩。"

"是吗？我没感觉。"

帐篷边胖子在嘎嘎地笑，王老板在系帐篷门口的绳子时说了什么趣话，胖子拿拳头捶王老板的背，嚷叫："你坏，你坏！"夏清再次要把手抽出来，戚子绍低下头去，迅速地吻了一下那根中指，夏清就鹿一样地跑去了，叫喊着："打牌，打牌呀！"

帐篷里的光线已经幽暗，四个人并没有玩"升级"，戚子绍要教给大家一种扑克算命法。他光是默想了一个念头算了一次，情绪颇高。胖子问你算的是什么，他笑而不答。胖子说你不说我也知道，是谋算着夏清吧。戚子绍说："即便爱夏清，那也是我的权利，这没什么错呀！"夏清已经脖脸通红，把扑克拨乱，说："都胡说，胡说！"戚子绍趁机张狂了，当场挑明他就爱上了夏清，爱上了夏清但能不能离掉现在的老婆，会不会最后娶了夏清，这得看天意了。就以某种牌代表能结婚，以某种牌代表不能结婚，重新洗牌起牌。大家都屏了气息看翻牌的结果，竟然是代表能结婚的牌首先翻了出来。戚子绍就说："夏清，你也是亲眼看了，你要等着我！"夏清一时无语，眼睛扑忽扑忽地闪。胖子说："夏清真老实，你以为他说的真话？"戚子绍说："信不了我也该信牌呀！"王老板就让给他的房地产生意算一下，算出来的结果也是好的。王老板就说："既然做房地产能成功，你得支持我了。"戚子绍没有回应，却问："你觉得夏清怎么样？"王老板说："好么。"戚子绍问："怎么个好？"王老板说："五官好，身架子也好。"戚子绍说："夏清有综合之美！"胖子说："呀呀，世上还有什么好词？可别忘了，这么好的人是谁给你介绍的？"戚子绍说："这一句话你说得好，得感谢你，晚饭咱要喝酒，炒熊掌吃！”

当戚子绍从帐篷里出来，似乎觉得夏清差不多已经是他的人，哼着小调往木屋去，一进门就喊：“晚饭吃什么呀？”

木屋里烟雾腾腾，锅灶边只看到养路工汗油闪亮的脑袋，他在把面条往开水锅里煮。

“没有炒熊掌吗？”戚子绍说。

“哪儿会有熊掌。”养路工说。

“别的野味呢，譬如黄羊、果子狸、崖鸡子？”

“用菌子做了汤。”

“只有菌子？”

这使戚子绍很丧气。

胖子说：“瞧，他的话落实不了吧？”拉了夏清到房间里去了。戚子绍听见夏清在房间里还说了一句：“我就要吃熊掌么！”于是，故意提高了声音和养路工说话：“听说山上又有了狗熊呀？”

“是有吧。”养路工说。

“怎么不打了狗熊吃呢？”

“我们都在这山上。”

“你们？你是指你和狗熊吗？”

“是吧。”

戚子绍进了房间，说两个养路工是素食主义者，他们常年待在山上认那些野物都是同类了。“我现在明白了，”他说，“山下边嚷道狗熊成精了，会说人话，一定是他们传出来的，为的是不让别人捕猎。你们没注意他们的模样也差不多快要像狗熊了，腰粗屁股圆的，行动迟缓，还不停地吭哧吭哧着。”

戚子绍说没有道理，夏清却仍在说：“我偏要你给我熊掌吃！”

“我会的，小姐！”

“戚处长，这可是你说的，”胖子说，“吃不到熊掌我们就不走啦！”

吃过面条，两个女人就在房间的炕上歇下了，她们光着脚，披散了头发，脱去了外套而紧窄的内衣使身体该瘦的地方都瘦下去，该胖的地方都胖起来。戚子绍和王老板在房里赞美了一通女人形体的艺术，对面房间里的养路工就起了鼾声。屋外十分地安静，偶尔有车辆呼啸地从公路上驶下山去，听到的就是松塔落地的声音。说好的今晚上都不要睡，直聊到天亮，两个女人却很快就显出倦容。慵懒的姿态是特别惹人爱怜的，戚子绍满嘴的口水，言语开始放荡，王老板就说他是困了，打了哈欠去了帐篷。王老板一走，两个女人就并排靠在炕头上和戚子绍说话，越说身子越往下溜，后来就躺下去，而且胖子的眼睛也合上了。戚子绍真想胖子是睡着了，他就敢去和夏清接近一番。但胖子偏是躺在炕的边上，让夏清躺在靠墙的里边，又不知道胖子是真的睡着了还是假睡，他不敢造次。

“养路工在山上待久了，真的能和野物和平共处吗？”夏清说，“那么，山上所有的野物都能认识他们了？”

“动物都是有灵性的。”

屋外有什么鸟在叫，一声长一声短，长长短短的。

“听见了吗，鸟在说话了！”

“你能听懂它们的话？”

“我是猎人呀！”

“这鸟在说什么？”

“一个说：你在哪儿？一个说：在你心里。一个说：干啥哩？一个说：想你哩！”

夏清挤了一下眉眼，她知道戚子绍在给她骚情。戚子绍却走过来，一下子捏住了她伸在炕边的脚。她吓了一跳，用手指指胖子。胖子睁开眼来，说：“你去睡吧，我可困得不行了！”

“那你怎么就不睡着呢？！”

戚子绍说了一句，离开了房间，胖子猴一样跳下炕就把房间门关了。戚子绍听见了快速的关门声，心里有些不悦，站在门外了发现山顶上的夜黑，黑得伸手不见五指。这时候，公路上有一辆车驶过，他往路边闪了闪，但车依然挂了他的衣服就跌倒了。车剧烈地刹住，司机从车窗探出头来，看见他已经爬了起来，问：“没事吧?”戚子绍勃然大怒：“你是怎么开车的？你要把我轧死了，我再和你小子说!”但车却忽地一声开走了。

王老板闻声从帐篷里出来，瞧着真的没事，就说：“真把你轧死了你怎么和人家说?!”戚子绍气咻咻又骂了一句，自己也笑了。

第二天早上，四个人又坐在车里往山上行驶了一段路，戚子绍和王老板就拿了枪往树林子深处走。胖子和夏清不愿意留在车里，也要厮跟着，和王老板吵了一架。戚子绍没了办法，就叮咛王老板要寸步不离她们。他们走过了一面斜坡，草丛里就发现了熊粪。胖子不相信是熊的粪，戚子绍便用树棍拨着粪讲解。扭头见王老板和夏清还在后边，就趁势抱了一下胖子的腰，胖子说：“你不爱我，你爱夏清的。”戚子绍说：“也爱的。”胖子说：“我这腰粗，你抱不住的。”戚子绍用力抱了一下，放下了，说：“你要不是我乡党的老婆我肯定就把你……”戚子绍知道自己在应付，但胖子也是女人，需要安慰的，果然瞧见胖子高兴了，在说：“我其实不是胖，是丰满哩。”

夏清去了坡下的崖坎后小解。三个人坐在坡上等了一会儿，夏清还是没有上来，却有了一声尖叫。戚子绍立即让王老板拉了胖子往坡上去，自个就跑下崖坎。原来是夏清也发现了一堆熊粪，而且熊粪是湿的。戚子绍就又喊王老板快把两个女人送回到车上，不管发生了什么事情都不要开车门下来。夏清才一走，他就提枪继续往坡上走，走了一里，果然就看见了一只狗熊，狗熊正蜷成一团在蒿草丛里睡觉哩。

“叭！”戚子绍瞄准着放了一枪。

狗熊翻了一个滚儿，滚出了草丛，窝在一块长满了苔藓的石头后。

戚子绍兴奋地跑过去，他没有想到今天打猎是这么顺当和容易，在他动手去提狗熊的后腿要把它翻过来的时候，他想到这只狗熊的掌真大，是让养路工来烹饪呢还是拿到山下那个小饭馆去爆炒？“不，养路工是反对吃荤的，”他自言自语道，“让肥胖女人做，要做得没一点腥味。”但是，戚子绍刚刚提住狗熊的后腿，狗熊却忽地站了起来，黑乎乎的一座小山一样，他被压住了，那只熊掌就踩在他的胸口，他有些喘不过气来。

“你想死还是想活？”

戚子绍听见了一句人声，扭头看看周围，周围并没有人，声音是从狗熊的口里发出的。狗熊真的会说人话呀，戚子绍眼前一阵漆黑，他知道他是遇见了那只传说中的成了精的狗熊。

“想活。”他说，他还能说什么呢？

“想活？那让我把你干一下。”

戚子绍脑子里还没有转过弯来，他已经被狗熊提起来翻了个身，而且裤子就被抓了下来。他感到了屁眼非常地痛。然后，眼看着狗熊顺着一行白桦树一步步走远了。

戚子绍狼狈地返回来，他的衣衫肮脏不堪，屁股撅着，一跛一跛的。大家忙问怎么着，是碰着狗熊了吗？戚子绍说他和狗熊突然遭遇了，他打了一枪，把狗熊的前腿打折了。他去追时狗熊却一抱头从荆棘丛里往沟下滚，他也滚，滚在半坡被树茬挡住了，只好回来。

他们回到道班的木屋里吃饭。王老板和两个女人为戚子绍敬酒，虽然没有猎到狗熊，但他们已为他的不凡的身手而佩服了。戚子绍是喝了很多酒，心里郁闷，脑袋就晕晕乎乎，说要睡觉就睡下了。一觉醒来，又是个黄昏，但这个黄昏比不得昨天的黄昏，月亮早早地就挂在西边山峰上。戚子绍听见王老板和两个女人在房间的土炕上打扑克，他就提了枪往山上去了。

越往山上走，越是风清月明，露水已经潮上来，渐渐湿了裤腿。戚子绍在林子里的一块草坪上长长嘘了一口闷气，看见了狗熊在一口山泉边喝水。忙呸了一口，呸出了半截咬断的牙齿，同时开了一枪。狗熊在枪响中一只脚栽倒在了泉里，接着脑袋也栽倒在了泉里，不一会儿整个熊都栽倒在了泉里，水哗啦地扑溅出泉沿。戚子绍跑近去，才要想着怎样才能把死了的狗熊从泉里弄出来，狗熊忽地又从泉里腾跃而起将他压在熊掌下了。

“你是想死还是想活？”狗熊又在说人话。

“想活。”他说。

“那让我再把你干一次。”

戚子绍自个翻了个身，把裤子拉下来，他听见了水声，屁眼更是钻心地痛。

戚子绍是踉踉跄跄地赶回来，王老板和两个女人还在木屋土炕上打扑克。他们不知道戚子绍又出去打猎了，也没有听到枪声，当戚子绍进了木屋，他们嘲笑着戚子绍一醉竟能醉大半天，睡起来还是形容憔悴，衣衫不整！戚子绍只好笑笑，说他也要打牌的。

“你走路怎么啦！”夏清说，“匡着腿？”

“上了火，痔疮犯了。”

“烂屃子！”

两个女人哈哈笑起来，她们开始用一种暗语对话，音调极轻极快，戚子绍觉得是外语，听起来嗡嗡一团。

“请说汉语！”戚子绍有些难堪，他听不懂她们的对话，但他猜想一定是在说着他的坏话了。

“我们说的是重叠音。”夏清说。

两个女人又对话了一番，戚子绍听出是把每个字音重复一次，但因为说得轻而快，他只能听出前边一句，后边的又不知说什么了，而夏清的脸顿时绯红。

“你们再这样说话，我得抽你们舌头了！”

“他俩合伙欺负我！”夏清说。

“是王老板喜欢上你的搭档了？”

“是喜欢上了，戚处长，”胖子说，“但你一定不会吃醋的，因为我们决定要牺牲夏清了！”

说罢，王老板竟揽了胖子的腰走出了木屋。

“哎哎，”戚子绍故意地叫着，却把木屋的房间门掩了，笑笑说，“再不牺牲，贷款和推销的事恐怕就吹了。”回过头来，夏清却端端直直坐在炕上。戚子绍去摸了一下她的脚，她的脚缩了，又去拉她胳膊，她往炕角退，说：“他们要牺牲我，我却不愿意哩。你坐好，咱们说说话不行吗？”

但戚子绍一时没话可说。

“说狗熊的事吧。”夏清说。

“那就说狗熊吧，”戚子绍说，“狗熊是世上最丑的野物，也是最坏的野物，我和它不共戴天。我一定要把它打死，我一定能把它打死！”

“戚处长，你怎么啦？”

“你应该叫我戚哥！”

“戚哥，你怎么突然恨起狗熊啦？”

戚子绍哦了一声，恢复了平和，说：“我是有过猎狗熊的经历的。那一年我们猎狗熊，我是没经验的，放了一枪，它竟顺着枪子朝我扑来。狗熊的掌只要抓一下你，就会抓下你一个膀子的。旁边人就喊快趴下装死！我告诉你，狗熊是不吃尸体的，但它不知道人会装死。我就趴下装死了。狗熊过来拨我的腿，我不动。狗熊又过来拨我的头，我还是不动。狗熊就把鼻子凑近我的鼻子试，还有没有气儿，我闭住了气，仍是不动。我是猎人，我斗不过狗熊吗?！狗熊真以为我就是尸体了，就坐在那里发呆。我开始摸枪，拉动了枪栓，但拉动枪栓要出响声的，我必须在它扭头过来的瞬间一枪打死它，要不然狗熊即使不抓我，它一屁股坐在我身上我也会被压死的。狗熊果然扭过了头，瞧我还活着，就张开了嘴要来咬我，我的枪响了，这一枪就打进它的嘴里，把它打死了。你不信？你到我家去，我家地上铺着一张熊皮，那就是我打死的狗熊的皮。”

“我信的，戚哥！”夏清说。

“好了，我可以把那张熊皮送你了！”

夏清简直视戚子绍是英雄了，她的身子放松开来，一双脚从屁股下伸开来，直直地在炕上。戚子绍口里又汪出了水，但他的手没有敢过去。“我真的送给你！”他再一次说。

突然有了一声奇怪的嚎叫，寂静的夜里十分响亮，似乎山林里有了回音，加长了音节和嗡声，传递着一种神秘的恐惧。两个人立即停止了说话，戚子绍侧耳又听了一下，叫道：“狗熊来了！”脸色寡白，随之通红，像喝过了酒，一下子跳起来就要往外走。夏清也跳下炕，炕下边却一时寻不着鞋，而在帐篷里的王老板和胖子已经跑了过来，他们拿了枪，惊慌地说狗熊就在附近。

“来了好！”戚子绍极快地把子弹装上膛，说：“我须报仇不可，这回我再不打死它，我就再不来打猎了！”从屋里跑了出去。

两个女人也要去。王老板这回发怒了，哐啮把门拉闭，又在门栓上插上了木棍儿，提枪去撵戚子绍。夏清隔着门缝喊：“我真的要吃上熊掌了！”

戚子绍是听到了夏清的喊声，他朝林子的深处跑，他的屁股还火烧火燎地痛，仍疯了一般地跑。山坡上没有狗熊，草坪上也没有狗熊。戚子绍又跑到山泉边，狗熊还是没有。王老板是一直追着他的，但王老板没能追上，他自叹不如，就坐下来等待枪响而辨别戚子绍的方位。

戚子绍像一只没头的苍蝇，四处乱撞，越是寻不着狗熊越是复仇的火焰熊熊，又翻过一个崖嘴，终于发现了一个黑影在前边移动，他知道那是狗熊了。但这一次的戚子绍发誓要打死狗熊，又汲取了前两次的教训，他爬上了崖嘴。在崖嘴，他瞧见了月光下的一块平台石上，狗熊在那里蹭身子，就静静地瞄准着放了一枪。

“叭！”

这一枪是百分之百地打中了，狗熊是从平台石上跌了下去。戚子绍并没有立即下了崖嘴，他又瞄准了跌下去的狗熊放了一枪，狗熊就动也不动了。

“我要打烂你的 ×！”戚子绍骂着从崖嘴下去，站在了狗熊的面前，狗熊是四脚朝天地躺着，他踢了一下，已经不会动了，他端起了枪瞄准狗熊后腿中间的部位准备打三枪，不，打四枪，打它个稀巴烂!

但是，这一次仍和上两次的情况一样，当戚子绍刚刚把四颗子弹装进了膛，狗熊却一下子扑上来抱了他在地上了。这次狗熊不是一只掌压着他，而是两只掌压着了他。

“你是想死还是想活？”

戚子绍是彻底地绝望了。他想起了夏清，不能给她吃熊掌，也不能送给她一张熊皮了。狗熊张合着满是牙齿的大嘴，锋利的掌爪搭在他的脖颈，月亮下他瞧见爪甲闪闪发着白光。戚子绍没有再说“想活”，其实他哪里不想活下去，也没有主动去拉脱裤子，他知道狗熊即使不侮辱他，也不会再让他活着离开了。

“随便吧，”他说，“要干要吃你随便吧，我只是想问你一句：你到底是狗熊还是魔鬼，这么厉害？！”

“你问我？”狗熊说，“我正想问你呢，你到底是猎人还是卖屁股的？！”

这个时候，趴在木屋窗口上的胖子和夏清听见了连续的两声枪响，欢叫如雀，急切地盼望戚子绍回来，她们可以吃到稀罕的熊掌了。

2001 年 10 月 24 日下午写毕

梅　花

那一年的冬季，天特别冷，远在秦岭深处的阿南来了信，邀请石鲁去看梅花。秦岭的梅是整整有一条沟，下了雪，花就红得像一点一点的血。

阿南是烧炭翁。五年前背了一藤篓木炭给石鲁，想要石鲁画一幅火神像的。石鲁画了，没有收他的炭，却解开了他腰带上的酒葫芦来喝。酒里泡着未绽的梅花骨朵，甜丝丝的有一股清香。待到一葫芦酒喝干，两人已经成了朋友。梅花酒是先绵后烈，石鲁在这个下午沉醉如泥，阿南则天黑走进石羊峡时酒力发作，仆倒在雪地里一夜，落下了哮喘的毛病。今冬里他气短得几次都要过去，自知熬不过春天，才写信给石鲁，他想最后见上一次高贵的朋友的面，但他没有这样说，只报告着整整一条沟的梅的消息。

石鲁收到那张写在油乎乎纸上的信，知道这纸是垫帽壳的头油纸，痛痛快快骂了一句：这龟儿子！眼里就簌簌流下泪来。已经是很久的时间，没有收到任何人的来信了，敢来信的只有十指苍苍两鬓白的烧炭翁！这么个雪天，整整一条沟的梅，是何等壮景。他急急地撕了纸条卷那烟末，点着了狠狠地吸，直吸得腰缩成马虾，眼睛憋得红红的，才吁吁地往外放烟，似乎他和阿南已经在那地窝棚里睡了很久很久，听见了一种很奇妙的叫声。“是狐狸！”阿南立即抓起了枪，将他推醒，他第一眼看到的便是棚门角的一根梅枝倒伸下来，枝头上湿润润的一朵花。昨日进棚，这梅枝迎风在门口晃荡，一夜间竟开了如此鲜活的颜色！他伸手去牵梅时，却发现棚门已被雪堵严，拉开门，雪并没有进来，齐楞楞一堵白墙，梅就如从白墙上长出来。阿南嘿嘿笑着，牙很黑，牙龈露出来粉红，没有再作解释，低头去烧干锅。烧得锅发红了，一拔起锅耳，像持着盾牌一般，从棚门口往出走。他就跟着走，走出了一条融消的雪洞，他看见了一个银白的世界里，梅花在各处泛红，一团金黄色的影子向远方疾去。砰的一声枪响，枪是朝天打的，枪口上冒起青烟，人被枪的后坐力击倒在雪上，呵呵大笑。

现在，被剧烈地震动，石鲁却倒坐在藤椅上。藤椅已经朽烂不堪，吱吱地呻吟着，他看见青烟正从嘴角里飘出，长长的烟灰终于支持不住，掉在了棉袄外的黑色对襟罩衫上。阿南，阿南兄弟，他喃喃着，一下子衰老得满脸皱纹，窝在藤椅里如患了麻痹症的小儿。石鲁是不能出走了，这并不是因了一条跛腿，而是他被判了死缓，虽然最后没有执行，甚至已宣布解除，但他未经许可是不能擅自离开这个城市的。这座城市在中国之所以著名，是它有完整的一圈城墙，当每日的黄昏，太阳在城墙内斑驳的砖石上蚀成一个红片，墙头上逶迤而远的女墙凹垛就如监狱高墙上的挂电铃铁网的木桩。

三天前，小儿子将哺养的鸽子全放飞了，他习惯于注视窗台上的鸽棚，想象着突然那里又站着它们，但他又希望它们永远不要再回来。今日的窗口是个空白，玻璃隔风不隔寒，看得见土院豁口处卧着的病猫，院中间的冷飕飕的椿树。

“阿南，喝酒阿南！”石鲁突然叫起来，显得几分兴奋。漫长的那些岁月里，他清醒艺术家应该是孤独的，但他永远静不下来，也无法孤独。政治的召唤，事务的纠缠，以及无数爱好书画者的追随和崇拜，如一群狼一样撵着他跑。“文革”刚一开始，他即被批判了，他认真检讨着自己，竭力要改变自己的形象，企盼着他仍是这个时代社会所能信任和器重的人，但他失败了，批判在不断地升级，直至判为死缓，他才明白他们是不需要艺术的。既然如此，他倒完全地平静下来了，不邀众人赏，他可以潜心地为自己作画，为真正喜欢他的画的人作画，为后人作画了，这竟是多少年来他一直在内心深处向往的境界啊！

“你一盅！我一盅！”酒倒在了酒盅里，小小的木方桌上，石鲁端起一盅喝了，又端起方桌对面那一盅，叫着阿南的名字，酒却喝在自己口里。下酒的菜是一盘盐泡的尖椒，还有一罐茶叶，茶叶故意放霉了的，捏一撮在嘴角里嚼。他现在真正在享受着孤独，低矮的河芦做顶的平屋里，孤独得如一只瘦虎。

当石鲁耷拉下眼皮醺醺微醉的时候，这个城里的钟楼上钟声响起来，低沉悠长，响了三下，又响了一下。这使他睁开了眼，觉得奇怪。古老的钟楼离小院子并不远，其实钟楼上早已不敲钟。不敲钟石鲁是知道的，那口镌满了古文字的铁钟几十年前就从木梁上卸下来堆在楼台上，但一个月前，石鲁却每日听见钟在响，他告知家人：钟在自鸣。家人指出这是幻听，石鲁坚持他是真真实实听到的，并且每次自鸣三下。今日却怎么响了四下呢？于是他想，这一定有原因了，是钟楼有了危险的信息吗？据说钟楼下原是一口海眼的，修筑钟楼是为了稳镇这座城的，钟楼下的过道中间仍有铁铸的一根碌碡粗的桩，挂着一道铁绳。石鲁听到了铁绳在响，哐啷哐啷的，直响在他的右脑壳里，像蚕在那里噬桑叶一样让他难受。海眼里的水要冒出来，钟楼要陷下去吗？

这个城市若没有了钟楼，这个城市是多么荒凉?!

石鲁决定去见见吴老觉。他把那条咖啡色的羊毛围巾叠得整整齐齐围住了脖子，但他不戴帽子。头顶朝天，他是从来拒绝帽子的。鞋也换上了软底毡毛棉鞋，女人的头，男人的脚，鞋是不能有灰尘的。步出了小小的土墙院，便是美术家协会的大杂院，数天前的一场雪还没有消尽，寒气一森，人脚踩过的雪泥已经成肮脏的冰块，一卷一卷风剥下来的大字报纸团软沓在那里，石鲁用拐杖戳打着冰块，笃笃地响。门房的三间小屋的那扇半掩的门立即打开了。

“石先生——你这是要出去吗?”老太太在问。

“先生?”石鲁觉得这称呼有些滑稽，但他没有纠正这位已经在门房工作了十多年的老女人。“出去，”他说，“不出城门洞的。”

“现在几点啦?”老太太说，“我没有表的。”

“下午一点。”

“石先生你来登记吧，你知道，我不识字。”老太太把一支钢笔拧开递给石鲁，石鲁看见那是一本登记册，上边的栏目里分别要求签上几点出门，往哪儿去，几点返回。

“这是新规定的，石先生，我只是看门的，看门狗……天没大晴，街上泥杂杂的，先生穿这么新的鞋?”

“人死了都要穿新鞋的。”

“……？”

石鲁看着老女人笑了一下，说：“我是判过死判的，死了的人。”

他用拐杖戳着大门过道墙上的标语，标语写着：“打倒黑画家石鲁！”拐杖就蘸着地上的泥，在“石鲁”二字上打了两个“×”，自己竟又一次笑起来。这一次笑出了声，不想竟笑掉了一颗门牙，落在了地上。

“我的牙呢？我的牙呢？”石鲁弯下腰在地上寻找。老太太帮他捡起来，牙黑得如一粒黑豆。他开始折身又往大院里走，因为门房太矮，大院右侧有一座仿古的楼阁，那曾是他接待外宾，共同交流艺术的地方，楼阁最高，落齿依风俗要撂到高处的屋顶上。

墙角影子一探，有人却在轻轻地唤石鲁的名字。这是驼背老陆，俯过身来告诉了：画家李唯自杀了。石鲁怔了一下，但并不惊骇。老陆问去不去家里看看，石鲁不去，口中吟了挽联：朝闻道，夕死可矣；今而后，尔知免夫。一步步往大门外走去。老陆一脸疑惑，听见石鲁跛脚跨过大门槛时，嘿嘿而笑：“我没闻道，老而不死必为贼啊！”

大街上，清冷异常，汽车从冰雪疙瘩上碾过，嘎里嘎哇响如爆竹。又经过了钟楼，放眼往楼顶上瞅瞅，未能瞅清那铁钟和铁桩铁绳，一堆人是集在那里叫嚣，高高的木架上弯腰站着一个受批判者。去年的夏天，那个位置上站着的是作家老杜，老杜的裤子皱皱巴巴，有人在骂：狗日的，稿费多得拿麻袋装哩！老杜说：我全交了党费了。那人伸手要扇打，却打不到脸上，一跃，吐一口唾沫，一跃，吐一口唾沫：狗日的?！谁见了！狗日的！反革命！他走过去，只是替老杜拉展裤管。这举动使批判人愣了许久，后来觉得是侮辱了他们，一阵拳打脚踢就把他打倒了，从此折了一条腿，一直在牛棚里自行长好。但现在自行长好的腿却长歪了，睡下两腿不齐，站着长短不一。他在左侧拐弯处的店里买了盏灯笼，匆匆穿过西大街，往南又往东，窄而潮的巷道里，骂起了路不平，一直骂到吴老觉小院门口。

这是一条幽长的巷子，石鲁轻摇着那染成黑色的木门上的铜环时，巷那头起了锣鼓声，一队人马逶迤而过。吴老觉这个瞎了双目的摸骨大师，如今不能公开亮着牌子，摸骨测命，却顺理成章地为人接骨按摩，他竟将门染了黑的，墙柱、椽头也染了黑。门咿呀打开，小脚的老嫂子嘴还吸着水烟袋，忽然笑道："哎哟，大白天的打灯笼，真是见鬼！"石鲁说："是鬼，要是死刑执行了，挨颗炸子，该是凶鬼！"老嫂子说："是雄鬼！"将灯笼挂在门脑上，"头发留得这么长，是不是长头发才是画画的?"石鲁说："不让人留胡子也不允许留长发吗?"

里屋内有人冷冷地哼了一声。石鲁呵呵地笑，笑得十分怪异。吴老觉在里屋后门槛上坐着，幽幽的只是背影。他原是一口好胡须，造反派说毛主席不留胡须，你为什么留胡须？吴老觉说马克思是大胡子。造反派愤怒他竟敢与马克思比，把他胡须一根根拔了。没有了胡须，吴老觉感觉似乎没有了嘴，但他终于没死掉，因为这个城市的新领导患腰痛，需要他按摩。吴老觉坐在那里，双手在一只布袋里忙活，布袋里装了小米糠，也装了敲破了的花瓶碎瓷，反复把碎瓷复原成花瓶，再搅碎，再复原。

“你把手艺越练得好，越是让领导中毒啊！”石鲁说。

“中毒？”吴老觉头拧过来，眼睛白花花翻着。

“按摩是上瘾的，上了瘾的和吸鸦片有什么不同？”

“那你嗜酒、嗜茶，还有嗜画，也是吸毒嘚！”

阴影处一个人起身要走，躲不及，就站起身打招呼：“石主席。”

“谁？谁是石主席？！”

“我叫惯了……”

“白老先生在这里啊？”

枯瘦如萝卜干的白葭一身红卫服，头顶上再不是那顶泰戈尔式的毡帽，软沓沓的军帽，不类不伦。

“你怎么一见他还是害怕？”吴老觉说。

“他管了我十多年。”

“我现在是行尸走肉，”石鲁说，“死刑犯嘛！”

白葭比石鲁年龄大，石鲁在延安还只是在黑板报上画插图的时候，白葭已在北京城里成了名画家。那时吴佩孚在北京，托人来要画，他画了一只鹰，后来蒋介石到北京，托人来要画，他画了一只鹰；再后来毛泽东坐了北京，他还是画了一只鹰。他们都是英雄，他只是小民。当年国民党要员让他去台湾，他问人：共产党来了让不让卖画？回答是：卖的。他就不去台湾了。但卖了几年画就不能卖了，京城里待不住，返回了老家来，仍是画不了新生活，又偷偷卖画，从延安来主持这里美协工作的石鲁，少不得要抓典型，点名批评。

石鲁坐在条凳上卷烟卷，跛腿怎么放都不舒服，抱起来架在另一条腿上，吃烟的样子像个猕猴啃梨。

“白老先生，听说判我死刑后，你为我烧过一沓‘上路纸’？”

“这谁告诉你的？”

“听了这话我兴奋得喝了一斤烧酒，我是喝醉了三天，身上脱了一层皮，像蚕一样的。”石鲁要站起来，没站稳，夸啦倒在地上，突然说：“白老先生，我对不住你！”

吴老党和他的老婆莫名其妙，白葭却听得明白。

“吓，谁对不住谁呢？”他说，“石主席，我还真希望你管我，点名批评我，让他们批，他们把我的家都抄了！”

石鲁心里酸酸的。“你牙疼？”看见白葭捂着半个脸，吸冷气。

“他们扇我耳光，一颗牙掉了，满嘴牙全松脱了，动不动就疼。”

“我给你治治，”石鲁说，“老觉会接骨，却不一定能治了牙的。”

把白葭的头压在门扇上，掐左耳轮下的穴，白葭杀猪般地叫。叫声钻进脑壳里，石鲁感觉里又是蚕在那里吃桑叶，接着是钟楼的钟在鸣，铁绳在拉动。他问：钟楼上的钟一直是鸣三下的，今日怎地鸣了四下？

似乎吴老觉、吴老觉的老婆和白葭都没在意他的话。

“老觉，你测测，钟楼要塌陷吗？”

这下吴老觉是听清了，仄耳逮外面的声音。但钟楼上的钟没有鸣，院门外轰隆隆地涌进一阵锣鼓喧闹声。

“石主席你知道吗，毛主席发表诗词了！”白葭说，“今冬雪下得多，北京城里的梅花也开得好哩。”

“就为这个庆贺了？”石鲁说，“什么诗词，你念念。”

“……俏也不争春……她在丛中笑……”

“……”

三个都不再言语，吴老觉的老婆不停地吹着纸煤儿，呼噜噜呼噜噜吸足了一袋水烟，说：“伟大领袖还是伟大的诗人。石先生，你看看那幅画怎样，老觉是瞎子，我又不懂画。”

石鲁这才看清在门角靠着一卷画，画背面写着：呈北京中南海。打开是六尺整张的一幅“咏梅图”，梅繁如锦，红艳无比。

“石书记，”白葭有些不好意思了，“你看看，这是我为领袖诗词写意的，从来画梅萧疏冷艳，我画得热闹……”

“你是让老觉来预测呈画的命运吗？”

石鲁始终把画倒着看，说：“白老先生，看来我还得批评你，你这又想卖钱嗬！”

“我这是画给中南海的，老觉要给省革委会主任治骨折的，他是能见着主任，让他呈上去的，我向中南海要钱吗？”

“那要什么？”

石鲁还是倒着看。“我不会画梅花。”他说。

“你怎么不会画梅花？石鲁能不会画梅花？！”

“你这梅花不是争春是霸春，我只知道梅花不是媚花！”

石鲁站起来往外走，一瘸一瘸的，拐杖敲打着地，把吴老觉的谷糠布袋也撞翻了，吴老觉顺势夺过了拐杖，叫道：“石鲁，石鲁！”

石鲁还未回头，一拐杖打在了他的跛腿上。石鲁哎哟倒在地上不得起来。吴老觉说：“你就这么要走吗？钟楼塌不塌关我屁事，可我得给你这四川龟儿子治腿啊！怎么样，打断了吗？不打断让我怎么给你重新接好?!”就蹴过去捏那断腿，捏得骨子碎片咯吱咯吱响。石鲁骂：“这龟儿子！”就是不叫唤。

“你疼了就叫。”

石鲁还是不叫，人却昏死过去了。

等石鲁醒来，他已经躺在自家的小屋里。吴老觉用一种鸡屎一样的膏药敷在腿上，又包了几袋中药让石鲁的老伴在家里煎熬，他看见那熬过的药渣中有蜈蚣、蝎子和簸箕虫。“把蝎子挑出来，你放在瓦页上往火上烙，烙焦了我来下酒的！”

雪又扯棉撕絮地下了一夜，接着红了三天太阳，消融的雪水滴滴答答从芦棚屋檐上往下滴。石鲁七天里没有下床，他听见了钟楼上依旧有钟鸣，铁绳哐啷哐啷在动。他让儿子一定去钟楼看看，儿子从钟楼下回来，告知每日有庆贺诗词发表的游行队伍，今日高音喇叭上已播放了为诗词谱的歌曲，一批画家把一批画梅的画也挂在了钟楼四面墙上。

傍晚，城墙箭楼上的寒鸦飞在了土院中的椿树上，那只老而病的猫还卧在院墙豁口，飞下来的寒鸦落在不远处，它也不理会。老伴拌了食招呼它下来，它也不来，也不说声：咪。老伴说：它怕是要死去了吧？石鲁转过头去，面对了屋墙壁，屋子里突然光线暗了一下，听见老马一脚踏进来，高喉咙粗嗓门地喊：“石先生，石先生，怎么腿又断了？断了也不让儿子来告诉我一声！我说哩，画家到底有架子，我不来请你去吃羊肉泡馍你就不来，还得我送上门来呀！坐起来坐起来！”

石鲁坐起来，一海碗热腾腾的羊肉泡馍放在桌子上，高颧骨的老马还在连说带笑地催促他，声音震得芦棚上落下几粒土来。“文革”以来，石鲁隔三岔五要去老马家的羊肉泡馍馆吃一海碗，这个四川人的胃除了天生的能吃尖椒、虎皮椒外，这座北方古城的饭就唯一喜欢上了羊肉泡馍。老马是不怕石鲁的，他是百姓，出身又好，也不需要什么前途出路，给石鲁免费吃了羊肉泡馍了，还要灌酒喝。石鲁贪酒，酒量却愈来愈小，常常就醉了，脱了鞋蹴在条凳上要说：老马，别人上批斗会吃不下睡不着，我倒能吃能喝，只是吃昧心食，老不见胖嘛！老马说，吆头牛进你肚里也体现不出个社会主义优越性来，难怪是反革命！石鲁就说：今日白吃，或许是你前世欠我的。待到我死了，你记住，要在我棺材里再放一碗羊肉泡馍，要优质的！但吃喝毕了，却嚷道取纸拿笔来，就画一幅画给老马。

现在，石鲁就坐床上吃完了一碗，说：“我不能给你画画了。”

“我不要你的画！”老马说。

“画账是要还的！”石鲁说，“明日起，你每天送一碗过来，一碗一张画，你爱不爱我的画，我是要给你画的，拿去糊窗子是你的事！”

老马咧嘴就笑，嘴大得能塞个拳头，头一歪悄声说：“我给你保存画哩，将来我要给你出个大画册！”

隔日一晚老马又来了，提出往秦岭深处阿南那儿去的事，说城里规定死了人不准土葬的，但现在世道混乱，往往有死了人的，家属半夜装了棺材出城的：我们把你装在假棺材里抬出城。老马拍了胸膛，敢保证能成功，他的老表就在城南门口治安巡逻队里。

石鲁却对秦岭深处的梅花不感兴趣了。

“你听到没听到钟楼上的钟在鸣？”他问。

“没有。”老马说。

没有？怎么会没有呢？！他要求把他连人带床抬到院子去。

院子里终于没风。四堵土墙，一棵椿树，豁口处的老而病的猫不见了。石鲁嚷叫着要喝酒，掉了一颗门牙的嘴皱着像个黑洞，手指甲老长老长，用力地抓着酒盅，喝了一盅又一盅，接着嚼尖椒吃霉茶。说：“老马，你是个好党员！”“我不是党员。”“不是？怎么能不是？！我现在才觉得，我这一生是为阿南活着，为你活着，把笔墨拿来，我为你画画，你要什么画?”“我不要了。”“我的画不好?”“好，你是中国当代最伟大的画家!”“那你为什么不要?”老马拿眼睛看站在门口的石鲁老伴。

老伴忙闪过门内，叫着老马帮她挪挪火炉子。老马立即进来。老伴低声叮咛：不能告诉他。老马保存的那一批画被邻居告发给街道办事处的造反派，于前一天中午造反派逼着老马交出来，当场一把火点着烧了。但老马拍有照片。

石鲁还在院子里发问：“你不要我的画了？龟儿子你以为我那些画是敷衍你吗？我知道你会保存我的画的，格老子就是谋着你把它藏起来，将来出画册哩！你今日要什么画？我给你画这个院子，你说画什么?”他喃喃起来，大声追问老马。老马从屋里出来，却听见他在说：哦，四四方方的土墙围着，中间一棵木，四四方方的土墙围着，坐我一个人，是什么，是“困”字，是“囚”字……窝在床上渐渐声调低下去，一声不吭了。

第二十二天，石鲁站了起来，他的腿直了。他骂吴老觉是神人，提了酒要去谢吴老觉，经过钟楼前的肉铺，看见一大队人在那里排队买肉，寻思应该有下酒的东西。他排上了队，排到跟前了，卖肉的问买什么肉？他说：苦胆，猪苦胆。卖肉的疑惑地看着他，立即恼怒了：不卖！他还要争辩为什么不卖，卖肉的和所有的买肉的吼道：你捣乱什么，你是不是神经有病，滚！被轰出了队列。

他的学生，曾经跟他一块去陕北写生过的年轻的业余画家王镇恰巧经过钟楼，瞧见了老师在马路边叫嚣：岂有此理！忙拉了他到避背处，说是正要去老师家的，问老师知道不知道白葭把画托吴老觉送到省革委会主任那儿，主任大加赞赏，已特批解放了白葭。

石鲁叫道："他是伪装的！"

王镇说："这画主任准备要转呈北京的，没想中央来了一位大人物，看了画，突然萌生要一百个画家画梅花，举办个祝贺毛主席咏梅诗词发表的百梅画大展。这位大人物还问到你。现在省上已组织了筹备班子，让画家欧阳清具体负责，欧阳清让我给你口信，要你也出来画一幅。这意思你明白吗？"

"明白。"

"这可是个机会。"

"我不画。"

"不画？"

"不画。"

"老师……你得学会自我保护啊……"

"我不会画！"

石鲁恨恨地扭身就走，他没有向学生告别，也没有去吴老觉家，硬着黑筋筋的脖子回到土院的家里。

王镇并没有生老师的气，去羊肉泡馍馆拉了正在汤锅下料的老马，一块到石鲁家劝说石鲁。石鲁并没有独自在家喝酒，而是将所有的墨汁倒进脸盆，放了胶，也倒进了那瓶酒，和着染刷土屋的门和窗，连椽头也染刷了，亮在土墙上的长长的柱子也染刷得乌黑，说："瞧，像不像青海的那些寺院？白墙黑柱，白的窗纸黑窗框，有明清家具那种简明的线条和色块味吧？"

王镇当然是小心翼翼地劝说，老马似乎直了嗓门在指责，但石鲁也生气了，狼一样吼叫：格老子就不画！爬到梯子上再去染刷檐角，颤巍巍地举着墨汁脸盆，人和脸盆一起摔下来。老马把石鲁抱在了怀里，他突然听到石鲁在哀求他："你能带我去秦岭阿南那儿吗？"老马说："我不带你去。"王镇在那一刻里瞧见了他的老师枯瘦的脸上有了两道泪，蠕蠕地往下滑行，泪水混浊而稠，向下滑行，后边的泪痕立即就干了，泛着白色，如同旱蜗牛爬过了墙壁。而一头粗硬漆黑，几乎乍起的长发，风掠过一般向四边倒伏，并且从发旋部开始发灰、发白，一圈一圈白成霜后的草，白成银丝。

这城里的一批画家画完了他们的咏梅写意图，国内各地一些画家也应邀画完了他们的咏梅写意图，这百幅梅花皆繁枝烂漫，大红热烈。在大型画展隆重开幕的那一天，土屋里的石鲁开始不吃饭，整日喝酒，他已经严重酒精中毒了，牙齿脱落了一半，手类如鸡爪，家人让他吃饭，他用没牙挡风的嘴含糊不清地说：院子里的椿树不吃饭，只喝水，我也喝水，酒是水。

在他将酒喝过之后，他似乎很有了精神，从藤椅上下来钻到床下，钻到杂物间去收寻工具：斧子、锯子、雨鞋、刀子，还有一节铁丝和布袋，布袋里装着毛笔、墨块和宣纸，准备去秦岭逃窜。并且绘制了秦岭路线表，上边密密麻麻标着红色的箭头，如电影里红军的作战图。

家人报告有关部门：石鲁疯了！

石鲁真的疯了。他终于走出了这座城的门洞，来到了苍苍茫茫的大秦岭。深如海一样的秦岭里，石鲁出奇地竟没有走错路，寻到了阿南的地窝棚屋。但阿南已经死了，梅花沟的梅花也差不多花落成泥，他站在阿南曾经病死的床前，看见了那用石块干打垒起来的墙上，贴着的正是自己画的火神像，拾起屋角一堆残留的木炭中的一块，在画像边写下了一副对联：

人去屋已空
我来梅正残

回头从门口望出去，山的远处是古城的方向，他再一次听见了古城的钟楼上的钟在自鸣，这钟声如天上的月亮一样，他走多远月随多远，钟声一直在伴着他吗？

写于 1997 年 2 月 1 日至 2 日

注：这篇小说其中一部分素材是根据王川同志掌握的史料创作而成。既是小说，除了石鲁之外，别的人物已不再具备原型的真实，请勿对号入座。

真　品

世上再没有比西安更古意的城市了。那里遗迹多，文物多，老街坊多。连寺庙也多呀，熙熙攘攘的街市上，你常会看到那些穿了黄袍的或木棍儿束了头发的和尚道士，就感觉他们是远昔的人，历史一下子与你拉近。可是，在很窄很窄的小巷里你往一家饭馆里走，粗糙的木桌边就坐着个老头寂然地喝酒，吃一碗羊肉泡馍，你可能轻视他，却保不准儿这正是某个大学的教授，或者是饱知天文地理的易学大师。西安这地方，实在是难以理喻，如同进了佛殿，你可以张望，但不容嚣张。我和我的老板为着淘寻古字画来到西安的那天，从河西走廊沙漠上刮起的沙尘正弥罩了古城，虽然太阳还悬挂在空中，却已失去了颜色，在城楼的沉沉钟声里渐渐惨淡如纸。我们去的是碑林博物馆。碑林博物馆在海内外闻名，竟原来是一片灰砖灰瓦的老建筑，朴素着，也萧然着。而围绕着博物馆四周的一棵一棵合抱粗的古树古松间，则搭就了一排排店铺，色彩斑斓。这些店铺都清一色的经营着字画。据说这里在以前买卖得非常好，曾经有那么多日本的新加坡的游客如蜂如蚁，每一天里销量超过了二百幅，但现在却冷清了，因为大量的赝品败坏了声誉。我们在店铺巷里走过的时候，巷外的马路上正停着一辆旅游车，举着三角小旗子的旅行社导游员每每往外跑，他可能再难以让游客在这里购物，没有得到店铺的提成，也懒得停下脚来与女店主打情骂俏了。那些鲜艳的女人叫不住导游员，便都笑脸向我们招呼：哈罗，哈罗！

我的老板鼻子大，又是自来卷头发，鬼晓得怎么就认他是外国人？我的老板说："请说中国话。"

"你不是外国的？"她们说，"自己人好说呀，进来看呀，看上什么都给你便宜啦！"

我们当然不敢再理，身后飘来的就是一句：傻 × ！

"西安人怎么这样？"我的老板气愤了。

"打着亲骂着爱么，"我嘿嘿笑起来，"你听，你听……"

我让我的老板听的是歌声：走头的骡子哟三盏灯，戴上了铃子哇哇的声。白脖子狗朝南咬，赶牲灵的人儿过来了。你是我的哥哥你招一招手，你不是我的哥哥哟你走你的路！这是陕西有名的民歌，在西安，尤其在沙尘笼罩的天气里，听起来是别一番的滋味。

“你听得懂歌词吗？”我说，“这是给你唱情歌了。”

我的老板驻脚细听的时候，歌声戛然却止了，回头四顾，店铺里的条凳上三个女人凑了一堆说趣话，一个人笑得从条凳上跌下来，而拴在门槛上的一只狗，埋头啃一根骨头，吞进去，吐出来，再吞进去再吐出来。歌声是从哪儿传来的呢？不远处的槐树下，那个老头已经蹴了许久，现在用手在剔牙缝。可能是风沙钻进了口里，一只手在牙缝里剔，一只手却在怀里掏东西，一时掏不出来，站起身了，穿着的是一件袍子，长过了膝盖。

“咹，”我的老板给我说，“那是个道士。”

“哪儿是道士？”我说，“那蓝衫是菜场的工作服。”

蓝衫人终于掏出来了，是个破旧的小录放机。录放机可能卡了盒带，他摇着，又啪啪拍打了几下。

“原来是录放的，”我有点丧气，“亏了这么好的情歌！”

“情歌？”蓝衫人并不看我们，只是继续摆弄他的录放机，“这是窑姐儿拉客哩。”

我愣住了。多少年来，北京的舞台上总保留着这首民歌，所有的人都以为是爱的缠绵而感动着，原来竟是路边野店的妓女们拉客情景的小曲！想了想，蓝衫人说的有道理，我们噢噢着，虽有一种被戏谑的难堪，却对这个枯瘦而邋遢的蓝衫人感兴趣了。

我们向他走近，并掏出了一支纸烟递他，他的录放机突然又出声了，几乎是撕帛碎瓶般地一阵激越的鼓点，夹杂着声嘶力竭的呐喊。“这是‘安塞腰鼓舞曲’么，”我挥了一下拳头，“多激越的旋律！”

“是吗，你们喜欢穷人的艺术？”

“穷人的艺术？”

“听口音是打北边的首都来的？”

“是从北京来的。”

“噢。”

蓝衫人将我递过的纸烟接住了，没有吸，却夹在树的枝丫上，目光仰视了树梢。树梢上正栖了一只鸟，鸟叫了一声：呀。

“老先生是……”

“鄙吝一销，白云亦可赠客；渣滓尽化，明月自来照人。”

我和我的老板面面相觑，我们知道我们又遇上了一位高深莫测的人，谁知道他是个什么角色呢？但蓝衫人似乎并没有要与我们交谈的意思，他重新蹴下去，靠住了树，眼睛已经微微闭上了。录放机里开始飘出另一种乐曲，似乎是《春江花月夜》，但又不似，蓝衫人摇头晃脑了起来。

我们不敢造次，迟疑了一会儿，便往店铺门口的摊子上翻动那些各种各样的碑拓。

店铺里的女人立即迎上来，叫我们是老总。

“我们不是老总。这都是在哪儿拓的？”

“靠山吃山，靠水吃水，守着个碑林，你想想老总！”

“不是说那些碑子都罩了玻璃不准拓了吗？”

“正是不准再拓了以前拓的才珍贵啊！”

“这一幅欧阳询《皇甫诞碑》多少钱？”

“今日天气不好，图个吉祥便宜给你了，一万二。”

“给个实价吧，我们要买就买得多哩。”

店铺外一声冷笑。这冷笑我和我的老板听见了，店铺的女主人也听见了，她脸上有了明显的愠怒，顺手将柜台上的一杯残茶泼出去。我的老板悄悄扯了一下我的衣襟，我扭过头看见了冷笑正是槐树下蓝衫人的鼻子里哼出来的。蓝衫人似乎压根儿就没有看着我们在挑选碑拓，也没有看着我们扭头正在看他，残茶的水点溅到了他的蓝衫上，他动也不动，又连续地哼着鼻子。我知道，他并不是患有鼻炎，连续的哼鼻子是为了掩饰那一声冷笑。

“这该不是假的吧？”

“你说对了，别的店铺是翻刻木板拓下的，只有我们店卖的是真拓。”

女店主越是这般说，我们越不敢买她的货了。离开摊子，一辆卖镜糕的三轮车就咿呀咿呀推过来，小贩脸上没表情，只盯着我们，吆喝：镜——儿——糕！西安的小吃品类繁多，但镜糕第一回见，瞧了瞧，觉得不卫生，却对挂在三轮车扶手上的小木牌上的字感兴趣了。

“认识么，这是于右任题的字哩！”

确实是于氏书体。多么大的一个书法家曾经给这么个小吃题过字？我们潜意识地扭过头，要看看槐树下的蓝衫人，但蓝衫人却不见了。天更加昏黄，而且开始起风，不远处的马路上行人都裹了纱巾，或竖了衣领侧着身子跑，博物馆高大的制着泡钉的大门敞开，守门人猫了腰大声地吐唾沫，几只麻雀才乱了羽毛站在门墩上，却又在风里线球一般地滚下来。我们购了票步入博物馆，大院里空旷静寂，间或有人从一处八角亭后走出来，又踅进另一处有檐角的屋后，传出空洞的脚步。任何旅游参观点都是人满为患，如此的清静太合我们的心意了，便先一步一停地欣赏了长廊两边摆列的石羊、石狮、石麒麟和刻着山水人物的石墩石条，以及造型千奇百怪的拴马桩，最后在庞大的展室里脖子扭酸地观看那些石碑。西安的碑林博物馆确实是中国汉文字书法艺术的宝库，你简直无法想象会有这么多的石碑，往日里看到的那么多书法精粹册上的作品原来实物竟都在这里！站在唐代怀素的那块《圣母帖》字碑前，我们的脚步是钉住了，张开嘴，却呆得说不出话来。这位出家为僧的狂人，我们已经无法得知他生前嗜酒成病、不拘细行的形状，而他的草书融汉代的张芝、晋代的二王和唐代的张旭于一炉，用笔瘦、肥、圆、方，得意肆恣，挥洒天成。字碑果然是玻璃罩封的，且碑下有铁制的护栏，不允靠近，亦不可拍照，我便一边伸长了脖子死盯着每一行每一字，一边下意识地用手在腹衣上临摹。我的老板说："真是'癫张狂素'！"我却疑惑：癫狂之人方能写草书呢还是写草书容易使人癫狂？

我的疑问，我不能回答，我的老板也无法回答，寂静的大殿中嗡嗡空响，却听一个低沉的声音在说："这是赝品。"

"赝品？这怎么可能？！"我脱口就问，问过了却不知那声音来自何方，我们进来时并没有别的游客，也没有解说员跟随呀！殿的飞檐翘角上，风铃在响着。难道是误听了风声吗？弯下腰从那一面面字碑排列的甬道望去，看风刮得是否又厉害了，那殿外的竹丛在忽聚忽散，台阶上坐着的竟是那个蓝衫人！

我顿时有些悚然了。

在西安，我已经遇到了好几宗离奇的事情，以至于看到城门楼下那尊石狮子是成了精的，巷道里偶尔看到的弯脖子老树是成了精的，街市上忙忙的人群里也怀疑是混迹了神祇和妖怪。试想想，这个蓝衫人是做什么的，他怎么再二再三地突然就出现在我们身边?

“博物馆里也有赝品?!”我怯怯地看着他。

蓝衫人又没话了，他始终要和我们陌生着，如撵一只兔子，撵着撵着它跑远了，待你不追了，它又停下来回头看你，你要再撵它又跑得没踪没影。蓝衫人呆若木石，竹在他的面前变幻着风的形态，当枝叶铺伏在地上的时候，我看到的是无数颠三倒四的“个”字。

我的老板似乎已经消失了对他的敬畏，凑近我耳语道:“瞧见了吗，他一脸麻子。”

“这和麻子有什么关系?”

“俗语说十个麻子九个害。”

“他怎么老注意着咱们? 不怕贼偷，就怕贼惦记!”

“国家级的博物馆里怎么能有赝品，他或许是高人，也或许压根儿就是个疯子!”

我们窃窃偷笑。正笑着，一只苍蝇就落在我的老板的额头，老板挥了一下手，苍蝇起飞了，再落在头发上，头发是梳得油光的那种，苍蝇一时站不稳往下滑，滑溜到大鼻梁上又站住了。“讨厌!”老板叫起来，“这么高级的博物馆有苍蝇? 西安什么都好，就是环境卫生差!”

“那是活文物。”蓝衫人又在冷冷地说了。

我们没有理他。

“它是从唐朝飞来的。”蓝衫人还自言自语。

我们差不多认定这是个疯子了，起码是西安城里的一个尖酸的闲人。参观完了所有字碑，出展厅的大殿时偏不从后门走，又绕着到前门离开。

晚上，我们是住宿在大雁塔旁的唐华宾馆里。这是一座堂皇富丽的仿唐建筑，又具备了全西安市最豪华的现代设备，沙尘使我们满头满脖都肮脏了，就冲了个热水澡。可刚刚从浴室出来，突然有人咚咚敲房间门，进来一个光头矮子，问我们要不要购买名贵字画。不速之客当然引起我们的警惕，比如，他怎么知道我们要买字画，又怎么就寻到了唐华宾馆？矮子说："我给老郗跑腿的。"我们问老郗是谁？矮子说："在碑林博物馆你们不是已经熟悉了吗？"我说是那个瘦瘦的，麻脸，穿了件蓝布长衫？矮子说就是的。我和我的老板都惊讶起来，他是个什么角儿竟把我们一切都把握了?！便一把抓住矮子，要问个明白。矮子说："老郗说你们会扣下我的，果然你们就扣我了！"从怀里掏出个字条要我看。字条上写着："置珠于粪土，此妄人举，不足较。若本是瓦砾，谁肯珍藏?"口气蛮自信，我们就让矮了坐下，询问郗蓝衫的情况，矮子便张狂起来，要讨水喝，又吸上烟，说老郗是满人的皇族哩，如果现在还是清朝，要见老郗就难啦。现在是混背了，落架的凤凰不如鸡么，身上穿的那件长衫还是他送给的。"可是，"矮子揩了一下鼻涕，顺手抹在椅子腿上，"谁要把老郗当作个穷人那谁就错了!”我说:“谁也没把老郗当穷人,老郗家里有一疙瘩金子哩。”矮子说:“一疙瘩金子值几个钱?老郗家传的有一幅《圣母帖》真迹!你们知道不知道怀素,是怀素写的《圣母帖》?”我说:“老郗把碑林博物馆里的石碑撤回他家了?”矮子说:“那是宋代刻的,刻石和真迹差别就大啦!”

我的老板哈哈地大笑起来,说:“你的意思是要出手那件真迹了?”

矮子说:“老郗让我来问问你们。”

西安之行,我们原只指望能够买一批有价值的书画,没料到竟碰上了稀世之宝!我有些不敢相信,反复问这是真的吗?矮子指天发咒说有一句谎言他便是猪、是狗,是猪狗屙下的臭屎。我便让矮子先到走廊去,问我的老板:怎么样?我的老板说:你想这有可能吗?我说:那就让他走吧。我的老板却说:有好戏为啥不看,反正是没事,瞧瞧西安的风土人情呀!我的老板说得是,人都有当看客的秉性,如果街头上有行刑的场面,肯定要去看那人头被砍下来的情景的,郗蓝衫给我们行骗,我们就给他恶作剧,他就是再上个美人计,我们也将计就计。我们把矮子叫进房间,要他立即给郗蓝衫打电话,说当晚看货。

两个小时后,矮子带我们坐出租车在城中绕来绕去,我们差不多都转糊涂了,最后在一座公园的湖边,见到了郗蓝衫。他似乎在那里等了很久，身边的石头上还放着那个录放机，站起来和我们握手，人显得比白天更瘦，好像你不敢再靠近，否则会被那骨头撞疼。他的脸上是有麻子，路灯的照射下愈发坑凹明显，如暴雨后的沙滩。他说他姓郗，不肯说出名字，却一一要我们道出姓名和地址，并且看了名片，又要看身份证。我们有些不悦，他说：实在对不起，我还没问问你们公司规模如何，实力如何？就盯着我们，目光锐得像锥子。

我的老板在这时候也开始拿起他的架子了，他把眼镜卸下来，擦了擦，又戴上，只低声说：你是助理，你给郗先生介绍吧。就掏出一包软装的中华牌香烟撕开，自个儿吸着烟卷。我才说了两句，突然有了哗哗哗哗的响声，郗蓝衫立即示意我停下，扭头向周围巡视，湖边草坪中的一丛树下，有男女在相拥着。郗蓝衫说：“咱们到前边那块石头上谈吧。”

重新换了地点，我悄声对我的老板说：“看样子不像骗子。”我的老板说：“现在的妓女没有不像清纯的。”我详细地介绍我们公司的情况，郗蓝衫很认真地听着，就问起我们画廊有没有扬州八怪的作品，郑板桥的四尺长条墨竹能卖多少钱，金农的四尺整幅书法又卖多少钱，还有张大千的、石鲁的，甚至还问到了牛兆濂。

“牛兆濂？”我回答不上来。

“你不知道牛兆濂?”他说。

“你说的是你们西安的那个牛才子呀?”我的老板一直闷着头听我们对话，见我回答不上来，就插嘴了，“牛才子学问好，但他的书法一般，前年我们收购过一张，那不值钱，二千六百元。”

郗蓝衫慢慢地笑了，伸出手来，说:“你给我一根烟吧。”

我的老板把一根纸烟递给他，他在鼻子前闻了闻，却别在了矮子的耳根上，说:“同志，咱们有缘分了呢。”

“是有缘分，”我的老板也来了热情，“搞收藏我是信缘分的，珍贵的藏品都是有命运的，《圣母帖》或许是我在等它，或许是它在等我。”

“不，”郗蓝衫说，“任何藏品不是我们在收藏它，而是它在收藏我们。”

这话说得真好，凭这一句话，我断定了郗蓝衫不是一个骗子，他没有诓我们，他手中的《圣母帖》八成是真品。我赶紧就去湖里洗手，湖边的一块石头踩翻了，差点把我掉到水里，洗了手过来说要看真迹。但是，郗蓝衫从怀里掏出来的却是个硬纸夹，夹子里是三张剪贴的已经焦黄的报纸。三张报纸的内容一样，不长不短的一篇报道，标题:西安惊现《圣母帖》真迹。

“这可是官方的报纸，你们得信着!”郗蓝衫说。

“就这报纸？”

“你们得先信我呀！”

“我们已经信你了呀！”

“你们读读报道吧。”

我和我的老板凑近路灯分别读了一遍，报道中详尽地介绍了《圣母帖》真迹的尺寸和碑林博物馆宋刻字碑的同异处，但报道中没有写真迹保存人的姓名。

“郗先生，”我的老板说，“怎么证明真迹在你手里呢？”

“问得好，”郗蓝衫说，“我怎么能在这地方拿出真迹呢？若你们真心要买，咱们重约时间地点吧，真迹在市银行保险柜存放着。”

这一次见面就这么遗憾地结束了，但我们留下了手机号码，约定三天后郗蓝衫安排好地点了随时通知。我们请郗蓝衫去宾馆喝茶，他推辞了，矮子要跟他一块走，他偏让留下，矮子有点不愿意，他示了个眼神，自个就先走了，一边走一边扭头四顾着，然后便消失在夜幕中。我笑着说：“郗先生怕我们跟踪他呀。”矮子怔了一下，慌忙说：“这，这……不是的，他急着回去是他弟弟今日得了孙孙，他得过去看看。你猜，是男娃还是女娃？”我说：“男娃？”矮子说：“不对！”我说：“女娃。”矮子说：“呀，你真行，只猜了两下就猜准了！”

沙尘暴终于是停止了，第三天的早晨下了一场小雨，雨都是黄的，街上的行人全穿了雨衣或撑着伞，而所有的车辆被黄泥雨涂成了迷彩。雨一停，每家洗车房门前排着等待清洗的车辆，司机们三三两两站在那里骂天，抱怨着西安之所以做过十三朝国都而后来衰败至今，都是这风沙所害，要不，秦腔就该是普通话了。又恨着往往把车清洗了，隔二日三日又得下雨，雨是黄汤，又得来洗。西安做什么生意都难，唯独羊肉泡馍和洗车房把钱赚海啦。我们耐心地等待着郗蓝衫的通知，但哭笑不得的是，约定的地点竟是城东南角一条巷头的公共厕所门口。我和我的老板在那里等了许久，未见到郗蓝衫出现，连矮子也没个踪影。我安排了我的老板先到附近的夜市上吃饭，西安的小吃在国内有名，小吃又都集中在夜市上，我们吃过一碗鸡蛋醪糟，觉得肚子难受，就进了厕所蹲坑。厕所里光线幽暗，臭气烘烘，我听见紧挨的隔档里有人在大声努劲，似乎不是在出恭，而有物堵于肛门，憋得命悬一线。如此哼哼哈哈了半天，安静下来，却见一只手伸出隔档，企图去捡坑台前一张什么人已经用过的脏纸，而有趣的是恰恰一股阴风从厕所门口刮进来，竟将那张脏纸卷起，飘然落入另一个坑去，隔档里沉沉地发了一声恨。这实在是一场巧得不能再巧的风的恶作剧，偏偏让我瞧着，差点笑出来，便将一张手纸递过隔档，说："用这个吧。"那边的人说声

“谢谢”，站起来了，我看见他竟是郗蓝衫！郗蓝衫也同时看见了是我，很窘地，立即缩回身子咳嗽，然后提了裤子出了隔档，将那张手纸又回给了我，说：“是你呀！是你给我的纸吗？我不用纸的，我用钱揩了！”他走出厕所，一边走一边说：“你瞧这墙上，这便是屋漏痕，黄宾虹的线条就这般画。”我没有去端详厕所墙上的脏迹，只疑惑：他真的是用钱揩过了吗？或许碍于面子压根就没有揩！在厕所门口，他又恢复了他的怪异，大声放着录放机中的歌曲，在音乐声中，告诉我巷子尽头的三十五号是他的朋友家，他已经把真迹从银行保险柜取来放在那儿，让我和我的老板过会儿来，说完扭头便走，那录放机中开始唱“你要拉我的手，我就要亲你的口，拉手手，亲口口，咱们黑屹崂里走。”声越来越小。

我和我的老板拐弯抹角地在巷子里寻到了三十五号，门是破旧的木门，上面用墨写了：院中有狗，小心咬你。我忙捡了一块石头在手，可一进院就爬梯子，并不见狗，刚刚扔了石头，还说：是空城计么！一只狗呼地向楼梯冲来，吓得我的老板险些跌倒。我急喊：“郗先生！郗先生！”狗却停在楼梯上的平台上，原来一条铁绳拴着它，再扑不过来，就汪汪锐叫。是矮子先跑出来，唬住了狗，招呼我们进屋，我们还是不敢动步，一定要矮子将狗用双腿夹了，才迅速地跑进平台上的一间屋去。屋小得可怜，除了一张桌子上乱七八糟堆满了杂物外，几乎就是那张床了。我的老板不知道该往哪儿坐，我把床上的没有叠起的脏被子往床根拥了拥，要让我的老板坐在床头，没想褥子下压着一张百元的钞票，矮子赶忙拿了，塞给了郗蓝衫。

“我那里宽敞，”郗蓝衫说，“可这里安全啊！我这兄弟光棍一条，以替人讨债为业的，别瞧他个头小，好勇斗狠，比这狗要凶的！”

“能看出来，”我说，“你需要一个保镖！”

郗蓝衫干笑了一下，就对矮子说：“一回生二回熟，都是朋友了，你给我和两个朋友留影做个纪念吧。”

我明白郗蓝衫的意思，就说：“好么，好么。”让矮子拿了相机给我们拍照，我的老板偏又将汗手在墙上按了一下，又在一块破了半边的镜子上按了一下，说：“我再给你留个手印！”

郗蓝衫有些不好意思了，说：“你这同志有趣，我就爱和有趣的人交朋友。看货，看货！”

郗蓝衫就拍打了几下床铺，将一个报纸卷儿展开，里边是一个塑料卷儿，又展开，是一个布卷儿。布卷儿虽旧，却是湘绣，一下一下再展开了，露出画轴，郗蓝衫才从怀里取出一副白线手套，戴上了，说：“你把纸烟掐了。”我把纸烟丢在地上，用脚踩灭。他说：“把放大镜拿来。”矮子说：“放在哪儿？”他说：“枕头底下。”矮子翻开枕头，果然下边一个硬盒，盒中取出一面镜子，但枕头上的尘土扬起来，一股呛味直钻鼻子，我就咳嗽，走到平台上要吐痰。我的老板也咳嗽，跟出来擤鼻涕，悄声说：“这里就是姓郗的家。”还要再说，矮子就出来了，我们遂返回屋，矮子也跟进来。郗蓝衫说：“你们可以俯着身看，但不得用手摸，汗手。”慢慢将画轴展开。

这确实让我们大开眼界，整幅作品是横的，几乎和床一样长短。在展开的过程中你似乎能感觉到祥云缭绕，有一股神气扑面而来，再仔细看去，婉丽处如飞鸟出林，惊蛇入草，劲健处奔马走虺，骤雨旋风。我周身颤抖，且有热流迅速从丹田涌起，通向脑顶和四肢，回头看我的老板，他只是眦着眼，呆若木鸡。我说：“好啊！宝气逼人！”我的老板怔了一下，俯身再看，手却在我腿上掐了一下。我晓得我的老板城府深，不再叫好，拿放大镜又细照了一遍。

“怎么样？”郗蓝衫说，“要看货，这就是一眼货，比碑林博物馆的字碑气韵强了数倍吧？”

“这……怎么这般干净的？”我说，看着郗蓝衫的脸。郗蓝衫脸上的麻子是黑麻子，好像没有洗过。

“算你看出门道了，”郗蓝衫说，“你瞧我像个乡下来城里打工的吧，可我世世代代都是城里人！真的往往看上去像假的，假的倒像真的。西装革履的显得气派，可一身行头能值几个钱呢，一万元穿得什么都有了！”

郗蓝衫缓缓地将《圣母帖》卷起来，一层一层包裹，矮子帮着往盒子里装，一失手，掉在地上，他哎哟叫，忙捡起来，轻轻地拍着，说：摔疼你了，摔病你了。然后说他得和矮子连夜将《圣母帖》送回银行保险柜去，如果愿意购买，改日再选个时间面议。

《圣母帖》肯定是真品，这已毋庸置疑，我的老板极尽和蔼，一定要请郗蓝衫和矮子去夜市上吃饭，郗蓝衫却表现得很不情愿，我的老板就说在吃饭时可以先议一议价钱，如果双方觉得合适，我们就要筹款了，至于安全么，四个人一块走，会万无一失的。郗蓝衫沉吟了一下，就从桌上取了一把菜刀让矮子揣在怀里，自个又将一个小瓶装在口袋。我说：“不用带酒，夜市上都能买到。”郗蓝衫说：“这是硫酸，谁要敢抢《圣母帖》，我就喷他的眼睛！”他说得狠，大家都没有言传，他又将裹着真品的纸卷儿装进一个帆布口袋，口袋里又放着了六七根竹笛，然后斜挂在肩上，四人方下得楼来。

“郗先生是个卖笛子的人了，”为了缓和气氛，我笑着说，“你这口袋，扔在街上也没有人捡的。”

“狐狸有好皮毛才遭猎杀哩，”郗蓝衫也笑了，却对矮子说，“你急什么呀，让客人先下楼么。”

他让矮子断后，防备的还是我们，我们就知趣地先下楼，我的老板说：“郗先生这么大年纪了住得这么高，越往后就越不方便啊！”

“是吗？”郗蓝衫说，“能走动的时候住高住低都能走，等走不动了，住在一楼你还是走不动。你说什么？这房子可不是我的。”他转过头问矮子：“你在这儿住几年了？”

矮子怔了怔，赶忙说：“五年吧。”

郗蓝衫说：“你想不想换个地方？”

矮子说：“谁不想？”

郗蓝衫说：“那就包在我身上啦！”

到了夜市，拣墙角的一张桌子，我故意让郗蓝衫坐在里边，并让矮子挨着他，我和我的老板坐在对面。夜市上十分热闹，那些卖饸饹的、煎饼的、粉蒸肉的、凉皮的、扯面的，灯火通明，热气腾腾，人声吵嘈。我们先是感叹着西安的小吃这么丰富又疑惑西安竟没有自己的大菜系，郗蓝衫就开口了，说：“你知道西安是几代首都？”我说：“十三。”郗蓝衫说：“你想想，十三朝的皇帝在这儿，各省市为了争宠，都要把他们的饭食贡献来，久而久之就形成菜系了，西安是一张大餐桌，它只摆贡献来的美味佳肴，知道了吧？”我说：“知道了。”郗蓝衫更得意了，说：“那我再告诉你，西安将来还是要做首都的，历史上有王气的地方只有三处，南京、北京和西安，在南京建都是短命王朝，在北京则容易腐败，只有在西安建都的才会强盛啊！”我说：“这可能。”郗蓝衫说：“你笑什么？”我说：“我想，西安建都了，我们公司就可以搬过来了，一想到这儿，我就笑了。”郗蓝衫看着我，半天不言语，突然说：“我对你这个人有个评价，一个字，只一个字……”我说：“是骂我了吧？”郗蓝衫还举着一个指头：“一个字：不错！”我的老板就大笑起来，一边让端饭的往上摆八宝稀饭，一边说再谈正经事吧，让郗蓝衫报个《圣母帖》的价格。郗蓝衫就一脸严肃了，只咬定一个底价，不再松口，几乎将八宝稀饭吃完，又吃了几十串烤羊肉串，讨价还价总算有了个结果。郗蓝衫就环顾四周，低声说：“你们是识货人，我也就委屈了。就你给的这个价，有人也出过，还外加一套红木家具，我是没松口的。项羽在乌江岸上，和刘邦的两个将军碰上了，原本是能搏杀一场的，但他说：我成全二位将军立功了，把这颗头献给你吧，就拔剑自刎……”郗蓝衫竟说起汉楚之争的故事来，我还未醒过神来，听他再说下去，他却垂了头，一颗眼泪吧嗒地溅在桌面上。他的突然落泪，遂使我感动起来，却不知说什么话好，他终于一抹眼睛，说：“活该《圣母帖》与我的缘分尽了……不说了，喝茶，再来一壶龙井吧！”

我赶忙让饭摊上的人上茶，一边起来用指头将郗蓝衫面前桌面上的泪水擦去，一边说：“这么大的数目，我们得让公司电汇，三天后怎么样？”

“不急，十天八天也不急的，你们再考虑考虑，即便不愿意了，那也没什么，”郗蓝衫说，并让矮子寻张纸，“你把电话留给他们，他们考虑妥了来个电话就是。”

矮子一直伸着脑袋看对面街上的一座高楼，有无数的亮的方块，郗蓝衫的话他没有听见，郗蓝衫又说了一句。

“你卖啥眼哩？”

“我数楼层的。”

“你想住几层，将来给你弄上。”

“我可不要三室两厅的，我一个人，我才懒得打扫卫生哩！”

“老婆难道不是你找的，没出息！像这个模样的怎么样？”

一个穿旗袍的高挑个头的女人从桌前走过，矮子低声说：“我有个瘸子烂眼的就行啦。”

“要娶就娶个时髦的！”

郗蓝衫一脸的麻子都涨红了，我看着他的脸，想到了猴的屁股，也笑起来。

“这有啥笑的，是瞧着我的麻子吧。”

“郗先生小时候出过麻疹？”

“不是，西安的风沙大呀。”

这一回，四个人全都笑了，惹得周围饭桌上的人就朝我们看，而路边柳树下的两男一女指指点点了一番，竟落座在我们旁边的桌上。郗蓝衫突然地不笑了，紧了紧身上的口袋，悄声说："这些人是冲我来的！"

我抬头看看来人，说："哪里会，就算他们不怀好意，咱这么多人的……"

郗蓝衫镇静下来了，却说："谁来我都不怕的，公安局里有我的熟人，"掏出一张名片让我看，"我一打电话他立马就来的。"我没有看那名片。

但是，郗蓝衫却并没有再坐下去，匆匆离开了夜市，而且他让矮子厮跟着，拒不让我们送他。

在自后的三天里，我和我的老板带着郗蓝衫给我们的那些报纸，专门去找了西安字画界鉴定的权威，权威也已知道《圣母帖》真迹问世的事，并应允在购买时可当场鉴定，以免发生调包。就这样，我们筹齐了款额便给矮子拨电话，但矮子的电话却怎么也拨不通，便再一次去了那条有着公共厕所的小巷去找。

我的老板是个有心的人，他要给郗蓝衫带一份礼品，以示我们的诚意，因为他怀疑郗蓝衫是不是反悔了。在买礼品时我们费了思忖，先是要给他买些腊汁羊肉，后又准备买一件西服，结果还是买了个收录机觉得得体。我们穿过了纬十街，才到了城墙外丁字路口，听见有很大的吵骂声，接着就一阵稀里哗啦锐响，扭头看时，路斜对面的一家饭馆里，三四个穿着保安服的人在殴打一个人，被殴打者还在强辩，便被提了胳膊腿一下子扔了出来，骂道：“没有钱你吃屎饭？你吃了饭不给钱?!”

“我有钱的！你以为我没钱吗?”被殴打者往起爬，没爬起来，头就努力地往上撅，像是个出头龟，口里的血沫使牙齿也看不见。“我有钱的，我的钱能砸死你！”

保安又跑出来，用脚踩下了他的头，说：“你有钱?你掏么，一碗面三块钱你掏出来呀？掏呀！”

“我有……”

“你有你娘的 × ！”

头被保安再一次踩下去，踩下去头又往起撅。保安就在他怀里掏，他捂着怀，蓝衫就嘶啦撕开，掏出来的是一个破旧的录放机，保安将录放机摔在了地上。

我突然看这是郗蓝衫啊，忙呼啸着跑过去，将保安推开。扶郗蓝衫时，他的手里握着那个公安局熟人的名片，要我打电话：“我明白他们为什么打我了，他们要谋财害命……”

我说：“你是欠人家一碗面钱吗?”

他说：“他们是冲着《圣母帖》的！”

我说：“他们认识你?”

他说：“不认识，可包准儿是他们认识我了，我知道谋算我的人多，贼可以防，防不住的是贼惦记呀！”

我的老板也从马路那边过来，我们把他扶起来，他的口鼻血沫模糊，而且额角也有个口子，用手捂了，血水从指缝往出流。我问他家住在哪儿，可以送他回去，或者直接去医院。郗蓝衫已经站起来了，梗着脖子骂已退去的保安："你瞧着吧，我会收购你们店的，收购了还让你们当保安，你们给我当狗！"骂着骂着，却突然甩开了我，盯着我不言传。

我说："你怎么啦，感觉头晕吗？"

"你们为什么这么关心我？"

我说："你是被打晕了吗，认不得我们了吗？"

他说："我怎地认不得？把你们烧成灰我也能认得的！可……这么大个西安城，为什么巧不巧就遇上你们在这儿？"

郗蓝衫极快地往后一跳，指着我说："你们和这些保安在演双簧！你们是来救我吗？不，不是的，是要寻着我家，或者要把我绑架到别的地方！"

我和我的老板哭笑不得。我还要去扶他，他双手沾着血挥舞着，我的老板让我不要扶了，别让他的血沾在身上，别人还以为是我们殴打了他。我的老板说："你不就是有《圣母帖》吗，我们正是筹齐了款要寻你交易的，偏巧在这儿遇上。如果有不良企图，那次看到真迹时就下手了，是我们打不过你和你的那朋友呢，还是怕你小瓶里装的自来水？"

“你知道那是水？你知道了当时为啥不挑明，你这么鬼的，你越发有大企图的，你只是瞅机会，是不是？”

气得我的老板再不理他。

我瞧见郗蓝衫往前走了几步就摔倒在地上，便又去扶他去医院，他趴在地上，怎么也不肯起来了。“我朋友不在场，我是不跟你们走的。”

我和我的老板只好离开。当天晚上，第二天和第三天，我们一直给矮子拨电话，仍是拨不通，第四天终于拨通了，让他赶快找到郗蓝衫，还未告诉说郗蓝衫被人殴打了，矮子却开口便说：“生意做不成了，他死了！”

他死了？郗蓝衫死了！问郗蓝衫怎么就死了，矮子说是被一家饭店的保安打伤后，就趴在饭店外的马路边，保安以为仅仅是打了一顿不会出事的，可两个小时后，他还趴在马路边，保安觉得不对劲，出来看时，他因失血过多已昏了过去，急忙往医院送，还未到医院就断气了。

“那，《圣母帖》呢？”

“谁知道藏在哪儿。”

“真可怜，他把《圣母帖》丢了。”

“是《圣母帖》把他丢了，先生。”

2003 年 1 月 10 日草毕

2003 年 1 月 30 日改完

羊　事

老闷卖了白羊的那天，我去的他家。我去他家为了能借到二百元钱，提了一捆韭菜。一进院，老闷坐在堂屋门槛上吃饭，已经吃完了，舔碗，舌头伸着像狗舌头。“是五巴子呀！”老闷没有拿筷子敲碗沿，斜着眼看我。

“还是吃了饭来的？”

“啊，吃过饭了……”

“还是不抽烟？”

“不抽烟。”

“还是不喝茶？”

“不喝茶了。”

“还是放下礼就走？”

“……就走。”

“……就走。”

我走出了院门，骂老闷这老东西，真个啬！骂过了却想，我这不是白白送了他韭菜吗？便又折身回来给老闷的老婆招手。三婶在羊圈门口扫羊粪，一放簸箕，黑豆子撒落一地。她走出来问我有啥事儿，我说三叔把羊卖了？三婶说多好的羊，白羊。我说现在羊价跌着咋就把羊卖了？三婶说："馕子！"一只鸡嘎嘎嘎地站在院墙头上笑，三婶捡了一把羊粪蛋掷过去，鸡飞走了。"五巴子，"三婶说，"你记着，几时这个家里没你三婶了，也就是你三叔把我拐卖了！"

老闷的胡碴上沾着一颗米，舌头一卷，把米卷走了，说："馕子?！那是只病羊，草不吃，拌了料都不吃，让它死在家里呀？五十元钱卖了，我又没给他缰绳，我是馕子?！"

可能是生了气，咯儿咯儿想呕吐，但又极力忍着，老闷的脸憋得通红。

我说三叔三叔，老闷闭合着嘴，给我摇手不要我说话。我说："要吐就让吐，别憋出毛病了。"老闷一动不动了一会儿，好像缓过了劲，说："我才不吐哩，今日吃的是米儿饺子！五巴子咋顾得上我这儿来，肯定是求我啥事了吧?"

"是的，三叔。我家房漏得不行，要抹绽的，搭住手了，三叔得借我二百元钱。"

"哦，哦。"

老闷放下了碗，手拔嘴唇上的胡子，稀稀的几根胡子，拔起一根，半个脸的松皮就挪了五官。

"哎呀，抹绽房呀，你那房是陈年旧屋了！如果你三叔有二百元钱，说啥也得先垫给你了，三叔卖了羊就落了五十元，这你也看到了，你三婶正和我致气哩，须让我再买只羊呀……"

"白羊！"三婶说。

"白羊，就给你买白羊！把他的，羊养惯了，没了羊就像少了口人似的。我得重买只羊呀，五巴子！"

这就是我借钱的落脚。我真傻，本不该给老闷开这个口的。一捆韭菜权当是喂了猪了。

我们镇上是逢三天一集，第三天我装了一口袋麦子去集上粜，在村口又碰着了老闷。老闷披了件棉袄，反抄着手，手里提着那根羊缰绳。老闷说："五巴子，房抹绽了没？"我说："你不肯借钱么，我只有粜粮了。"老闷说："话不能这么说，五巴子，三叔这不是去集上买羊吗？"说毕了，他又说："唉，钱这狗东西把咱农民坑扎咧！下辈子要托生，我托生钱呀，你呢，五巴子？"

"我托生三叔！"

在集上，老闷果然在买羊。羊市上有一大群羊，都是白羊。老闷就绕着羊群转悠。有人在说老闷要买羊吗？

老闷说买么。“上一集你卖羊，这一集又买羊，老闷做羊生意呀?!”“少废话!”老闷绕着羊群转悠了三圈，一只羊就咩咩地冲着他叫唤。老闷就站在了那只羊旁边，说：“这羊能认得我?”卖羊人说：“人看羊都是羊，羊看人都是人。”老闷说：“这羊和我有缘分!”卖羊人就抱了一捆干菜丢在了那只羊面前，那只羊急不可待地咬嚼。老闷说：“吃手好！不会是故意吊了几天胃口吧?”卖羊人说：“哪里，它就是肚里有个掏食虫，我喂不起了才卖的。”老闷就问多少钱？卖羊人说便宜，一百元。老闷说你以为我是瓜子呀？四十元。卖羊人袖了手，仰面看天，天上一疙瘩白云。

“五十!”

“九十。”

“五十五!”

“八十五。”

“六十!”

“八十。”

老闷梗了脖子走了。老闷来到我跟前，低声说：“他狗日的不喊叫我!”我说：“八十够便宜的了。”老闷说：“是便宜吧?”我说：“你还是买了好。”老闷说：“我赌气走了，再回去他又得涨价。你去帮三叔买了，记着，连缰绳一块买的。”老闷把钱交给我，我把羊买过来了。

老闷牵着羊到了街口，老闷欢喜得给羊顺毛，把羊的缰绳解下来给我看，说缰绳是条好缰绳，至少也值三元钱的。羊没了缰绳却顺着街口往东南的路上走，一路撒羊粪蛋儿。老闷说：“有缘分哩，五巴子，这只羊造下该我买的，你瞧瞧，它能寻着咱村的路么！”

我粜了麦子，跟着老闷一块回村。羊就一直走在我们前头，确实是好羊，白生生的，像白棉花疙瘩。羊真的是能寻着我们村的路，到了三岔路口，它不往东也不往西，竟然就顺了中间那条路小跑着起来了。

进了村巷，巷子第五个院子是老闷家，门口的柿子树底下三婶往树上挂萝卜串儿，羊就端端地往她家院门里走。三婶不挂萝卜串儿了，一直看着羊，羊进了院，就卧在羊圈边，说：咩儿！咩儿！老闷人还在巷里，说：“我买了羊啦，狗日的，这只羊真的和咱家有缘分，能寻着村子的路，还寻得着咱的家！”

三婶还在看着羊。

“多少钱买的？”

“八十元。还多了个缰绳哩。能行吧？！”

“能行得很么，五十元卖了出去，八十元又买了回来！”

“咋啦？！”

“这就是咱家的那只羊么！”

2005年3月9日夜

任 氏

任氏是个女妖，与郑六在长安城里认识的。

郑六好酒色，但人丑陋，又贫困无家，托身于妻族，便终日跟从了妻表兄，叫韦崟的，喝三吆四，闲游瞎逛。一日，两人又约定去新昌里吃酒，走到宣平，郑六忽记起还有一桩别事，说要迟到一会儿，自个骑驴往南，在升平北门里遇着了任氏。任氏那天穿着白衣，款款在街上走，郑六猛地瞥见，一时惊艳，人驴都愣住不动了。想：天下还有这般美人！以为是在梦中，自己打自己脸，脸生疼，就哀叹自己贫而丑，只能守家中那个黄脸婆。恨恨骂道：美女人都叫狗 × 了！骂是骂了，却不忍掉过驴头，也忘了要办的事，策驴一会儿走到人家前边，一会儿又落在人家后边，欲要搭话，却又不敢。任氏并不作理会，裙长步碎，腰肢软闪，衽襟处掉下一条手帕。郑六急说："哎，掉东西了!”任氏捡了手帕，拿眼看他，眼是会说话的，郑六胆就大了，说：“这么美的人儿，怎么步行呢?”任氏并不羞怯，却笑了说：“有驴的不让嘛!”郑六立即翻下驴背，说：“我这驴实在不配你骑的!你若肯，你坐了，我能跟在后边就高兴得很哩!”任氏说：“是吗?”郑六说：“是啊!”任氏也不扭捏，说：“那我真要坐了!”坐上去，郑六驴前驴后颠着跑。

郑六信着任氏走，一直走到城东乐游原，天色便黑下来，见着路旁有了一庭院落，虽土墙车门，里边室宇却华丽清洁。任氏就下了驴，说：“稍等一会儿。”自个先走进去。门屏间有一女仆，过来问郑六名姓，郑六告诉了，也问女人名姓，方知姓任，排行二十，郑六说：噢，任二十娘!过了一会儿，被引入室去，室里早已有人列烛置膳，热情招呼吃喝。酒过三杯，任氏更衣出来陪伴，两人相互敬酒，酣饮极欢。郑六先是心意急迫，额头出汗，手却索索直抖，口里也语无伦次起来。暗自骂自己没彩，待稳住神气，借低头去捡掉下桌的筷子时，趁机将椅子往任氏身边挪近。见任氏并未退让，伸手过去捏了一下她的腿，慌忙缩回。任氏笑笑，倒端了酒杯又敬他，郑六已耳脸通红，接了酒杯，也接了女人身子，噘口就要吹灭灯盏。任氏说：“你啥不怕的，倒也怕灯?”郑六越发放肆，也不言语，抱了任氏在椅上解怀松带。任氏推拒，郑六已跪下说："你是我见到的第一个美人儿……你救救我吧！"任氏看着郑六，擦了他口角涎水，扶起来，说："这也是我命里所定……"郑六就抱起去了卧房。女人的妍姿美质，郑六从未见过，女人的歌笑态度，郑六从未经过，这一夜，郑六如狼如虎不能歇，如痴如醉又不敢信。

天明，任氏却催郑六早去，说是其兄在南衙任职，每日清晨要回来的。郑六不得已，又强支精神折腾了一番，还不忍走。任氏约了再会的日期，郑六方吻了女人从头到脚，又嗅了女人的衣衫鞋袜离去。

到了城门下，门还未开，城门外有家卖饼小店，店主正生火起炉，郑六一边坐于帘下等候城楼鼓响，一边与店主说话。

郑六说："从这儿往东，那一大院落的是谁家呀？"

店主说："哪里？那里一片荒地，没人家呀！"

郑六说："我刚才还经过那里，怎么能没有？"

店主一脸疑惑，突然说："噢，我知道了，这里有一个狐狸精，常诱男人过夜的，已经有过几个遭了道儿，今日你也遇了？"

郑六登时羞赧，却说："没。"但郑六终不肯信，天大亮后，偏返身回去看，果然只见土墙车门，里边却衰草败柳，是一片荒芜的园子。

灰塌塌回来，见了韦崟。韦崟指责郑六失约，郑六也不好实说，支支吾吾只是受着。想自己所遇美人原是妖狐，甚觉悔恨，发誓道：再不寻女人了，美女人都是狐狸精！但一见到老婆，黄脸焦发，又唠叨不已，不去想任氏，又能想谁？夜里与老婆上床，老婆噗地吹灭灯，他就想到那日之夜，闭了眼，幻想身下老婆是了任氏，老婆说："你现在刚强哩！"郑六也不做答，事毕翻滚一边，眼睁睁着直到天亮。

每日清晨焚香，希望当天能见上任氏一面，但就是见不上。也去了那土墙车门处张望几回，仍无踪影。几乎心已经灰了，这日去西市买衣服，人多如蚁，正在人窝挤着，偶一回头，却见任氏在前边，急声呼叫。任氏才与一衣铺伙计论价，听到呼声，并未回头，竟裹入稠人之中就走。郑六哪里肯放过，掀倒了一排人，连呼带追，任氏是站住了，却背向，又以扇遮面，说："你什么都知道了，还来寻我干什么？"郑六说："知道是知道，但我不管！"任氏说："你不管，我却羞愧了，你走吧。"郑六说："我不走，我要看你哩！"任氏一时哽住，但仍不转身，也不扯扇。郑六转到她的正面，她又背过身去，如此周旋。郑六说："我想你都要想死了，你就忍心抛弃我？"任氏说："我哪里敢抛弃你的，只怕你见了要恶心我……"郑六心下一怔：莫非她脸面毁了？猛地扳过任氏身子，拨开扇面，任氏美艳如初，顿时情不能禁，下身有热东西滑出。

任氏说："我是妖人……你自己看不出来，也怪不上我。"两人重归于好，出了西市，郑六见四下无人就搂抱了任氏，要求在一棵树背后寻欢。任氏拒不，却说："像我这样的，被人所恶，我也明白人恶的并不为别的，就害怕伤人，其实并不是这样的。在野外慌慌张张的，能有什么乐趣，你若觉得我并不会害人，又要长久乐趣，你得有个住处，我愿一生侍奉你。"郑六欢天喜地。但郑六无家，与任氏往哪儿住呢？任氏说："你往东，看见巷口有一高树的，那里有一处幽静房子，可以租住。前些日子，与你分手乘白马而东去的是不是你妻的表兄？"郑六说："是的，你什么都知道？"任氏说："他家生活用具多，可以借一些用嘛。"

郑六寻到有高树的巷子，果然有一处房子可租，就又去借用韦崟的家具。韦崟说："你做什么用？"郑六说："最近弄到一美女，已租了房，缺些日用家具。"韦崟笑了，说："郑六呀，瞧你这模样能弄到什么美女？！"借给了帷帐榻席之具，却让家仆跟着去看看丑八怪。

家仆去了，不一会儿就气喘吁吁跑回来。韦崟问："有没有女人？"又问，"是个什么恶心样？"家仆说："这事日怪了，他竟能弄到那么样个大美人儿！"韦崟姻族广茂，又一贯风流，什么好女人没见过，当下就问有没有某某美？家仆说："不是一个档次！"韦崟又问有没有某某美？家仆说："不是一个档次！"如此比过四五个，都是韦崟见的绝色，家仆都是"不是一个档次！"韦崟说："难道有吴王六女之美?!"吴王之六女是韦崟的内妹，艳如神仙，中表素推第一。家仆说："吴王六女美不过她！"韦崟惊讶不已，遂洗了澡，换上新衣，要亲自去眼见为实。

韦崟去时，郑六恰好不在家，一仆正在扫庭院，一妇人一脚门里一脚门外，鲜艳异常。韦崟问仆：那位可是郑六的新人？仆人说："她哪里是?!"韦崟暗自叫道：这女人够美了，难道还有什么美人？就走进屋去周视。忽见有穿红衣者立于窗下，急近去，任氏已藏于窗扇之间，不得其面，只见其脚，精巧绝伦，便过去一把拉出光亮处来瞧，一时惊得目瞪口呆。韦崟是风流坯子，更是豪爽男人，见未能见到之美，爱之发狂，一下将任氏拥入怀中，口舌乱吻，手探入胸。任氏不从，百般挣扎，无奈韦崟力大，任氏被箍得不能动，就说："我就是服你，你也不能这样呀！"韦崟说："那好。"但不用力，任氏却逃脱就跑。韦崟又追上搂紧，伸出舌来，任氏闭口不接，头扭转如轴，说："你松开我，我依你。"松开又挣脱欲逃，衣带都撕断了。如此四回五回，韦崟就使了全身力气，终将任氏压上床去。任氏力气耗尽，汗湿了衣服，就不再拒抗，而神色突然大变。韦崟说："我经过多少美人，倒没有你这样，我这么爱你，你就偏偏讨厌我吗?"任氏哽然长吁，说：“郑六可怜啊！”韦崟说：“他可怜什么？”任氏说：“郑六枉是一个男人，连自己的女人都保护不了！”韦崟说：“难道我不如郑六吗？”任氏说：“你当然比他好。可你是富贵人家，人又英俊，什么美人没见过，而郑六穷贱，样子又丑，他见过的女人能满意的却唯独有我。你怎么以有余之心夺人之不足呢？如果你觉得他穷贱不能自立，穿你的衣，吃你的饭，为你所用，他的女人也应该给你的话，你要我干什么我便给你干什么！”韦崟听了，咽下口液，登时冷静，放脱了任氏。任氏偏也不逃，侧卧床头，韦崟就整理了自个衣衫，鞠礼而说：“我不敢了。”唤仆人取水洗脸，一派严正。

从此，三人归好，往来频繁，韦崟没有将强迫任氏的事告诉郑六，任氏也未说过韦崟坏话。三人相处日久，韦崟最为活跃风趣，对任氏百般殷勤，更口无禁忌，但再不有别想。任氏当然知道韦崟爱她，也从心里爱这男人，就说：“你这么对我好，我真不知道怎么才能报答你！我有什么能耐，女人家就是个身子，但我想过了，我就是以身许你，一是我这陋质不足以回报厚意，二是你又不能负了郑六，欢悦难以惬意。如果你肯，我一定要给你物色一个好的女儿家！”韦崟自然是肯，当下作揖称谢。

有一鬻衣之妇叫张十五娘的，肌体凝洁，韦崟一直暗恋她。就问任氏认识不认识。任氏说：“那是我表妹，我可以给你们撮合。”一月后，韦崟心想事成。但数月，又生了厌意。任氏说：“绝好的女子一般不在市面上抛头露面。市人易找，但易得到的又难长久，我愿再给你慢慢找更好的吧。”韦崟说：“昨日我去千福寺，刁将军张乐于殿堂，而其中有个吹笙的女子，年纪二八，双环垂耳，好得很，不知你认识不？”任氏说：“她呀，那是我内妹的女儿哩。”韦崟就求任氏，任氏一指头戳他额头，说：“你呀你……”日后还是去了刁家。

刁家的女儿恰好染疾，看过了多少郎中，医药无效，又请了巫婆在家禳治。自任氏去后，韦崟三日五日就来问情况，任氏只是劝告别急，直到一月，韦崟又问，就让韦崟出双缣行赂。韦崟极快送来了双缣，任氏将双缣便赂于巫，一番密议，巫婆对刁将军说女儿病要得好得换居处，最好为东边，若巷前有高树，其中房子幽静则更好。刁家人查访了正好是任氏处，刁将军就亲自来求任氏，任氏却托辞屋窄狭，有些不愿。刁将军夫妇连来求过三次，任氏方才应允。那女儿住过来后，果然病情好转，任氏就引韦崟来通之，竟经月乃孕。其母害怕，遂领女儿回去，也怨怪任氏经管不严，再与任氏不复往来。韦崟过意不去，往后任氏和郑六的一切生活费用就全包了。郑六也怪过任氏，不该老是拉牵自己的亲戚，弄到孤家寡人地步。任氏说：“我也知道这毕竟不好，但韦公子是何等人物，他要弄谁必会弄到手的，我只是报答他，使他得获顺利些罢了。况且，你也知道，我是妖人，我的亲戚都是妖人，这也无妨。”谁知郑六自此见着美人就作想是妖人，甚至提出让任氏也给他拉牵，任氏怒而责之：“你们做男人的这般德性？天下的美色并不都是妖人，妖人即使异物，异物之情也有人道，你哪里能识得出，又哪里能揉变化之理？”说得郑六满脸羞愧，再不敢有非非之念。

但郑六毕竟贫困，每日在家恨富人，恨自己，见了富人又热羡巴结。任氏说：“你能不能借到五六千钱？若能借到，我可以为你谋利。”郑六就借钱六千。任氏着他去市上，但凡见到马股上有疵者便买。郑六果然买了，很遭妻昆弟一顿笑话。过几日，任氏又着郑六去卖马，言说可得三万钱。郑六牵马去市，又果然有人愿出二万钱买。郑六不卖，至市尽，牵马返回。买者纠缠而随，已增价二万五千，郑六仍是“不给三万不卖”。昆弟得知聚而奚落，郑六才将马卖出。也觉奇怪，问买者为什么须要买这匹马？买者说，昭应县的御马疵股，死了三年了，但管养马的官吏并未及时除籍，官征其估，计钱六万，而以一半数再买，就能获半数以上利。何况有马以充数，三年的养马费用又能私得，所以才这么一定要买的。郑六深感任氏精明，以卖马钱买了许多新鲜服饰给任氏。任氏有了新衣，愈发美艳，每着一次，郑六就要求叙欢，任氏接受了，不免也说："你给我买衣，其实全是为了你哩！"

一年后，郑六经韦崟推荐，被授槐里府果毅尉。平日郑六与任氏昼游于外，但因有妻室而夜寝于内，恨不得专其夕，故将官上任，便要任氏同他一块去。任氏顺从惯了，这回却不愿，说：那么长的路程，人困马乏，同行也不见得有什么乐处，你留些粮钱，我过些日子一定再去。郑六不行，再三恳求，又请韦崟劝说，任氏作难良久，方说："有巫者对我说，今年我不宜西行。"郑六就对韦崟说："这么明智的人却听巫者说！"还是恳请。任氏说："就是不信巫，我这一去死了，有什么好处？"郑六和韦崟说："哪有这事?！"任氏只好同郑六上路。韦崟特意借她一马，又送到临皋，挥袂别去。

出城往西到马嵬，任氏乘马在前，郑六骑驴在后，女仆又在后，正行走着，草丛中忽有苍犬汪地扑出，郑六还未定神，便见任氏欻然坠地，竟变一狐向南急奔，而犬穷追不舍。郑六知任氏是妖人，但眼见幻变成狐，仍是惊魂丧魄，掉下驴背。爬起来见狐虽快，苍犬更快，危在旦夕，遂撵赶叫呼，而犬仍是不止。一直追出二里远，撵是撵上了，但狐已被犬咬死，雪样洁白的美狐，脖子断而连皮，血殷殷染红一片草地。郑六痛哭不已，双手掘坑将狐埋了，返回见马仍在路边吃草，衣服还在鞍上，履袜还在镫内，如蝉蜕一般，唯首饰在地。女仆也不知去向。

又一月后，郑六从槐里府回长安城。韦崟迎见，问任氏还好吧。郑六潸然泪下，说：“死了。”韦崟当下哭出声来，问患什么疾病死的？郑六说：“为犬所害。”韦崟说：“犬就是再厉害，怎么能害人?!”郑六说：“她不是人。”韦崟惊道：“不是人？是啥?!”郑六叙说本末，韦崟叹息不能已。第二日，特意同郑六往马嵬，发掘坟丘看之，又是长哭一场，说：“她是妖人，咱们也非精人，徒悦其色而不懂其情性，要说是苍犬害她，其实是你我之人害了她啊!”

此后，二人视万物有灵有性有情，再不敢妄动。

1997年12月1日

据（唐）沈既济原作改写

人　极

商州有俗：朋友之交，亦称亲家；亲到极处，若妻室各有身孕，又分别生产一男一女的，长大便做夫妇。此俗陈陋，却有野味，虽缺乏时代精神，但山地的经验是，长大恋爱的不一定百年会偕好，自小指腹成婚的，却未必终生无幸无福。商南光子，姓张，二十年前指腹在洛南，洛南拉毛出生偏也是男儿，两厢生世不能完婚，却信缘法，从此认做兄弟，往来年长日久。后，父辈亡故，俩人愈加依靠，学得劁猪骟驴手艺，在乡里串游谋生。“文革”二年，社会混沌，光子到拉毛家住下，俩人结伴行走，身影从不分离。又一年，搞清查运动，闹哄哄挖出一宗大案，曰“卫刘总队”。刘，刘少奇。保卫刘少奇，违天下之大韪也。故涉及面甚广，先后上百余人被镇压，被投狱，被管制。光子心寒，思想逃脱是非之地回商南去，拉毛说：

"先人讲，盛世宜方，乱世宜圆，你黑红组织未参加，只靠手艺巧要饭，咱怕了怎的？过了今夏，到冬里再作回去打算吧。"光子又住过一月。此日天气突然转凉，传说洛河上游下了大雨，俩人一早从南山劁猪返回，买了一壶酒在炕上坐喝。隐约听得有阵阵闷响，以为打雷，却见母猪并未在屋里叼草进窝。又喝，窗外巷里已有脚步嘈杂，旋听人喊："水下来了！"就呼呼隆隆有了吼音。出门看时，村人皆拿了捞兜和背篓往河边跑。拉毛说："快走，咱也发发财去！"洛河水，年年涨水，涨时，上游的柴草、木料就浮在浪头，下游的人趁机打捞，叫"发水灾财"。到了岸边，夕阳正落得满河，浊水漫沿儿，浪头上什么样的物什都有。村人已占据了每一个突出的岸崖，赤裸裸立定那里，持长长的捞兜打捞。拉毛说："咱到上岸去，那里站脚不好，却能捞得更多东西。"到上岸，也剥了精光，用热尿揉搓了肚子。抓污泥涂了腿根处那块部位，拉毛便瞅定一根木料，刷地甩出虎爪钩，不偏不倚抓在木头的一端，努力收绳，木料悠悠而来。提上岸，俩人大悦，坐下吸烟，其时夕阳收尽，满河已退苍黄，水声之外，一切俱寂。正念叨木料价值，忽闻风起萧萧，崖湾下河芦偃折有声，注念间，风声渐近，身后毛柳摇曳，俄而河面出现一黑物，浮浮沉沉而下。思未定，那黑物急到崖下，铿锵一声，触崖石又旋转而去。光子看时，见是一枯树桩，急呼拉毛，拉毛早甩出虎爪钩，牵了树桩收绳。却又在河芦丛中牵制住，拉扯不动，险些将拉毛闪落水中。拉毛说：“兄弟，莫非有了水鬼，怎拉不动？”光子说：“那里是河芦丛，必是被挂住了，我下去看看。”光子也是水豹人物，当下口叼了一把砍刀，溜下水去，眨眼间到了树桩前，钻没下去，又浮出头来脸色大变，拉毛说：“是河芦挂住了，还是毛柳挂住了？”光子说：“怪了，肉肉的，像是个人。”拉毛大骇，说道：“是人？一定淹死的。快上来，别让水鬼拉了替身！”光子却又钻下水，拉毛说：“死了还抱着树桩，既是死了，用刀砍了那手，看他还拉不拉？”光子再又钻下水，再出来，手中扬着一片破布，上有花纹，叫道：“是个女的，她是双手抱着树桩，身子被河芦缠住了。”拉毛便见水面上浮上一团碎河芦，后就是一个人被托上树桩。光子冒出脑袋喊：“收绳，收绳！”树桩及人靠了岸边，光子先将死尸背上来。拉毛说：“洛河涨水，哪一回不淹死人，人已死了，你背着做甚？”光子说：“她心口还热着。就是死了，上游的家人来找，也做一场好事吧。”女尸放在树下，俩人定睛看时，其女年轻，面润如生。揣试心口，果有余温，忙活动双膊，压腹倒水，捏掐人中，那女子双目紧闭，鼻间有了气息。俩人一时沉默，相互对视，光子说：“此人命大，她又活过来了！”拉毛说：“这人活该是冲咱们来的。”俩人背了回去，在牛背上驮了溜达，又吐出许多清水，放在炕上让其清醒，村人得知，全来相看，有懂中医的，掏洗了口中、耳内淤泥，以酒擦胸，用薄荷搓了前额鼻根，便各自散去。入夜，兄弟俩人在堂屋挑灯喝酒，等候女子醒来。鸡叫头遍，卧房里窸窸作响，看油灯时，光芯扑闪数下，屋内更加幽暗。俩人好生疑惑，起身欲进卧房，但布帘一挑，那女子斜斜靠在门框，头发蓬乱，却弱态生娇，眼波流慧，艳丽从未见过。光子说："你醒来了，你还能站起来？"女子静静看着俩人，身子就慢慢跪下去，灯光落在脸上，有两道泪痕，说："二位大哥，是你们救了我？"拉毛忙过来扶她起来，让坐炕边，让她喝酒，女子竟也不推辞，接酒就喝了。光子说："你才醒来，不敢喝酒，做些拌汤喝吧。"兄弟俩人就生火做饭，女人慢慢喝下，渐渐有了气力。光子又和拉毛喝酒，喝得醉眼蒙眬，问那女子话，得知女子名叫亮亮，吉川人，路过洛河时，突然洪水下来，卷了而去。问家里还有何人，却缄口不语，眼泪汩汩流下。酒壶喝干，拉毛又取酒喝，眼即瞻顾女子，停睇不转。女子发觉，头便垂下。拉毛说："亮亮，是我们救你上来，你知道不，你鼻子都不出气，手还抱着树桩不放哩！"说着嘿嘿直笑，不能自主，拍着光子说："兄弟，先人说，救人一命，胜造七级浮屠，你我今生还做了这桩好事！"光子见他酒劲发狂，忙去制止，拉毛却溜下炕，醉作烂泥。女子说："大哥，我亮亮记着你们恩德，现我无一相报，等我有了一日，定来重重谢酬！"就起身出门要走。光子说："亮亮，你这是到哪里去？"亮亮说："我也不知道。"光子说："这三更半夜的，你一个女子，身子又刚刚好，你能往哪里去？我们兄弟二人是粗人，心却不坏，既然救你上来，也不是为了什么报答，你夜里就睡在卧房，明天再走。我背他到牛圈楼上去睡好了。"亮亮还要推辞，光子已背了拉毛竟走了。

翌日，光子起来，天麻麻作亮，想起昨日早晨答应给镇子几家去劁猪，就叫道："拉毛哥，起来，不早了！"拉毛即昏沉不醒，嘴里咕哝着，双眼不睁，而且丑陋地躺在那里，口角流出一摊涎水。光子笑骂一句："你就死睡吧！"拉被子将他盖好。夜里在牛圈楼上的草窝里，俩人合盖了一条被子，草窝里虼蚤，咬得浑身疙瘩，光子就暗笑夜里酒喝得多了，竟能睡得那么浓！扑索了头上的草屑下楼，堂屋的门还关着，叫过了一声，又觉得不妥，寻思道：这女子天明就走，也顾不得送了，转身就独自往镇上去。镇子并不远，短短的一条街面，平日里寂寞寞，昨日里也有人去河里打捞，门口就堆了许多河柴。街这边的门里照例坐有妇人，脚下放着针线笸篮，一边儿在头上毕针纳着鞋底，一边儿和街那边门口的妇人说话。那妇人是坐在织布机上的，脚一踏，手一扳，云板起落，木梭飞动，嘴里应和着昨日洛河沿的事。一个说：“昨日那水发得可大，街口刘家劳力多，捞了十根木椽。”一个说：“听说又死了好多人。掌柜说，眼瞧着河心漂下一个木盆，里面坐了一个妇人喊救命，浪就翻了，再没踪影。”一个说：“听说吗，劁猪的拉毛两兄弟捞了一个女的，捞回去却活了！”光子一出现在街口，妇人就不说话，家家门里有头探出来，嘻嘻望着他笑。光子进了一家，主人早备了酒等候，几杯下肚，面热耳赤，当下从猪圈提出一条猪来，光子蹲在那里，一脚踩了猪后腿，手在后腰带上摸，抽出一刃刀子，寒光一闪，就在猪腿根后划出血口，指头再一勾，拉出血淋淋的一截东西，操弄一会儿，用刀子割下一个疙瘩来。说：“就是这东西，使它不得安然！”丢下让猫吃了。旁边一人说：“光子你好作孽！有那一点东西，活着才有情有乐呢。”光子也笑道：“有情有乐，才招来有祸有悲的。”众人大笑，一妇女骂道：“光子贱小子，你说得那么好，你怎不自己劁了自己？洛河里淹得什么人没有，偏偏就要捞出一个女子！”光子说：“嫂子，可不敢说这话，我和拉毛哥捞那女子，却没那个歹心！”当下缝了猪的伤口，放生而去，洗手坐下又喝酒。酒到七成，主人说：“光子，听说捞上来的女子长得白漂漂的？”光子说：“生得出脱，不像是托生在农家的。问她的家世，她却不说。”主人说：“这就奇了，怕是外边来的。现在世事乱，这号女子时常有，你老大不小了，也该拾掇一个女人。既然让你们救了她，也活该前世有缘。”光子倒生了气，说：“你也是贱看人，我兄弟俩救人，不是为了得老婆。她一早怕就远走高飞呢！”说罢，气氛尴尬，不欢而散。光子心里纳闷，他不明白镇上的人怎么会这么看他和拉毛，真是社会混乱，人心也都龌龊！光子偏颇，有些谁也信不过的了，就贪那酒，将所得的酬金全丢给镇上的酒馆，揣一个瓶子，一边儿往回走，一边儿喝，脚下就拌起蒜来。才到拉毛家，一推门，门掩着，哗地倒地上，一口秽物吐了出来，同时却听见卧房里“啊”地一声。光子说：“拉毛哥！”卧房里却悄然无息，窗子响了一下，有人似乎在跳出去。光子生疑，以为贼，卧房里就走出亮亮，头发乱乱的，蛾眉初颦，两腮赤红。光子大惊，说：“你还未走?!”亮亮不语，拿怯怯的目光看他。光子又问：“拉毛哥呢，谁在卧房?”走进去，炕上狼藉，炕下一双拉毛的草鞋，界墙头放着拉毛的烟袋。光子醉眼看亮亮，亮亮却猫儿似的浑身在抖，未等光子再问，便跪下来说：“是我不好，光子哥！你不要怪他，是他救了我，他提出那事，我报他救命之恩。”光子骇绝，一耳光竟将亮亮扇倒在地，出门到后窗外找拉毛，没有人影，空留从窗上跳下的一双脚印。回来一拳将柜上的面罐打碎，吼道：“牲畜，牲畜！”瓦罐瓷片刺破了手，血水在流，人靠在柱子上呆得像一尊石头。

拉毛当时正躲在牛圈，半个身子仄在草粪里不敢出声，悔恨做了伤天害理之事。听光子臭骂打砸，一直呆过半日，屋里渐渐安静，灰沓沓地出来，见门板上一行炭写的字，近去看了，是“猪狗不如”！忙里外寻找，未能找见，知道光子是一怒回商南去了。第二天搭车去见光子。三天后到商南，光子果然在家。兄弟相见，拉毛跪倒在尘埃里磕头。光子只是不理，起身去厨房做饭。端上来，满当当一碗面条。拉毛揣思：光子肯饶我了。饿口急吃，吃到一半，碗底却是料豆和禾草节，明白光子在拿喂驴的东西辱他为牲畜。顿时羞愧不已，顺门出去，一条绳索吊在村后的柿树上。光子得到消息，赶去时，拉毛浑身已经僵硬。大悔。痛哭得死去活来。后移尸院里，搭芦席设了灵堂，重金买置棺木寿衣，埋葬在自己屋后的谷子地里。见天三餐盛一碗饭供在灵前，人也精神恍惚，无心无劲打发日子。如是三载，不谈婚事，不近女色，蓬首垢面，形如饿鬼，村人以为痴傻。

来年，商州大旱，到处田地龟裂，庄稼歉收，出门讨要的人甚多。光子一人养活一人，倒也罢了，每日里吃饭，村巷四邻的孩子就坐门口，眼巴巴瞅着他吃。光子骂一句：“全是爹娘教唆的！”却不免将锅里的饭拨一勺打发孩子去。忽一日，光子在锅里炒了荞麦皮和红苕干，又炒了半升大麦，掺和了在碾子上碾炒面。石磙子重，累得他满头是汗，正低头推着，却觉得顿时轻了许多，抬头看时，碾杆那头帮推的是一个女人，面陌生，一副苦容，当时就愣了。那女人见了光子看她，苦皱皱地笑，说道：“这位大哥，你不嫌弃我帮你吧？”光子问：“你是谁？哪里人？”女人说：“我是南山的，出来逃命的。我帮你推了碾子，你能打发一碗炒面给我就是了，大哥！”光子最害怕的是女人，当下自己倒不自在起来，忙说：“使不得的，这使不得，我给你一碗炒面，你快走吧。”便从筐篮里舀了一瓢罗过的炒面倒在女人的布袋里，自个又低头推碾。女人却并不走，又来帮着他推，后来就替他罗炒面，右手中指上戴一枚黄铜顶针，磕着罗帮，节奏蛮是中听。光子停下来，拿眼看她，女人是副大脸，颧骨突出，眉毛很淡，似乎看着只有一半，左耳下豆大一颗黑痣，使这张脸有了几分媚态。不觉神思飞扬了一阵。猛然间却想起拉毛的事，满腔火烧，过去把罗收了，催那女人快走。女人茫然立起身，说：“这位大哥，你也别上怪，我在这里也是住了上十天时间，谁家的活都帮过，我不是坏女人的。”说罢旋脚而去。此后，光子果然得知这女人叫白水，帮过每一家做活，赚得吃喝，夜里就睡在二郎庙里。二郎庙在村南，先前供有一尊泥像，麦秋二料了，生产队在里边存放粮食。曾有人夜里睡在那里，三更时分，就听得大梁上“叭叭叭”地从这头一直响过那头，然后万籁俱静；夜夜如此，疑为鬼祟，无人再敢投宿。后泥塑被掀了，二郎神的两颗瓷烧的明如宝珠的眼睛嵌在庙墙上，庙窗捣烂，两扇门也在风里呼地打开，呼地合上。光子真不知道这白水是怎么在那里过夜的。

一日，村里一位叫秃子的，来光子家闲聊，挤眉弄眼地说：“光子，你没去过二郎庙？”光子说：“去那做甚？”秃子说：“我不信，好多人都去过了，那里有了神的。”光子说：“什么神？你说话嘴上要有点关子，莫让造反队的知道了，说你个封建残余！”秃子说：“就是造反队的常去呢，那神就是南山那个白水。”光子骂道：“你造孽！”秃子说：“第一夜他们去，连毛也没沾上，那女人拿了一把刀，谁敢近身？第二夜三更天里，把那白水就按住了……”光子把秃子推出门，没让他再讲下去，以为信口雌黄。不久，村人就议论起来，说白水在二郎庙里做饭，没柴烧，捡了村头猪羊骨头烧，臭气呛人，又说她在河畔的芦苇地里，专剥死婴身上的裹布，回来洗净了又卖给村人做鞋底“咯本”，队长拿了鞭子抽过她，赶她出去。光子就不明白白水为什么不离开，担心她真会出事。果然不出三天，一个黄昏里，光子在巷口遇着队长，队长那时也“造反”，拉住说：“光子，革命不分先后，你革命不革命？”光子说：“不革了怎样，革了又怎样？”队长说：“不革了就没观点，没观点就等于没有灵魂。要革了，晚上和我到二郎庙去，白水不走，我们已经怀疑她一定是逃避运动来的，不是好人，夜里要去审问她。”光子说：“那好吧，我就革哩！”当下五人往二郎庙，光子心里就叽咕：一个讨饭的女人，还能是什么阶级敌人？这伙人凶神恶煞惯了，咱和他们浪荡什么？就说肚子疼，要上茅房。队长说：“那你随后就来吧。”光子一闪过巷子，摸黑到家睡去了。明日，村里一片风声，说是那伙果然拷打了白水，后来就赤条条将她衣服剥了轮奸。光子又是血气冲心，去找着队长讨骂，队长说：“你有证据吗，就是轮奸了，又怎么样？她是南山人，无家无室，就是靠那东西糊口的！”倒赏了光子一个耳光。光子咽了恶气回去，只是同情那白水，四处打听她被赶走后的消息，却传说是让狼吃了。说那夜被轮奸出走，到了东山龙王沟讨要，后来有人就在二道梁的梢林子见到她，五脏六肺全被狼掏吃了，头却完好，大颧骨脸盘上还是笑笑的。光子听了闷了半日，自此痴傻病又犯了，除了侍弄地里庄稼外，更是任何事不理不睬，人缘就愈发坏起来。到了秋季，秋庄稼还是歉收，包谷颗儿未饱满，就砍了连包谷芯子一块儿上碾子，砸成粥，回来拌了糊糊喝，喝得肚皮老大，像气蛤蟆。且喜后山五分自留地里，种了荞麦，倒长势茂密，眼见到了成熟日了，只害怕被人偷去，就在地边搭了庵棚，夜夜前去厮守。一日将荞麦割倒，堆在地头，天就黑严了，寻思明日一早背了回去，便坐在庵棚抽烟。抽过一个时辰，月色已满巷顶，突然间想到三日后就是拉毛的生日，不觉往事涌动，泪潸然落下。恰时听得索索声响，举目看时，巷外远处有一人影，绰绰如鬼，正移步荞麦堆旁。光子心中叫道："有贼！"却并不喊，等贼走近荞麦堆，见其用绳扎紧了一大捆，然后捆下铺了衣服，就从荞麦根部一把一把往出抽，抽出来的是光秆，颗粒就全脱下，然后又紧捆住，又是抽，反复不已，那衣服上便堆了好大一堆荞麦颗。贼已经在包起荞麦了，光子猛地扑过去，一下将贼按住，再伸手去抓头发，才发现是个女的。女贼一惊，却并未挣脱逃去，光子左一个耳光、右一个耳光抽打，女贼满口是血了，反倒仰起脸来，说："你打吧，我白水是贼，打死了也不屈。"光子定睛急视，果真是白水，倒骇倒在地，叫道："白水？你不是被狼吃了吗？"光子不知如何是好，默了多时，将那衣服包起来，挥挥手说："你去吧，你去吧。"白水并不推辞，接了衣服包，转身走了，光子看见女人的腰身笨笨的，似乎是吃胖了。

回到庵里，光子如在梦里，疑心自己是否遇见鬼魔，起身又去看那荞麦，被偷去颗粒的荞麦秆还在，便信任白水并没有死，真真正正是在做了贼，心中好生蹊跷。天明在村里说了，人人也皆吃惊。入夜，天气闷热，光子将门大开，拉张席在门道处来睡。天微亮起来小解，一翻身，触着一个热乎乎的东西，看时却又是白水，惊愕得张口结舌，回想夜里是何时来的，是否做过什么事情？白水见他苏醒，也翻身坐了，惨惨一笑，起身走了。光子跑出门来，残月还在半空，四面没个人影。走回家来，心仍在怦怦作跳。第二夜，独身一人睡下，天明又是白水在身边，再是惨然一笑，悄然而去。光子恐极，出来又不敢对人讲说，免得黑白说不清。第三夜再不敢在门道处睡，前后门关了。第四天下午，从地里回来，门却掩着，不见了门上挂着的锁子，以为忘了锁门，忙到门脑上摸钥匙，钥匙竟不见，脸都吓白了。推门进去，堂屋的土炕上，一炕桌冒热气的饭菜，端坐着白水，腰里套了绳子鞋耙，在织编草鞋。白水还是那身打扮，脸却洗得干净，头发光整，形容判若两人，从炕上溜下说："你不要赶我，赶我我也不走。我不为别的，我只要你一句话，你把我收留下吧。"光子不知所措，说："我怎么能收留你，你哪儿都可去得，这儿我不能要你。"白水就扑通跪下，泪水婆娑了："我往哪儿去，我出来这两年里，因为我是女的，我才没有被饿死，也因我是个女的，我才哪里也不敢去了。你是老实人，你把我留下吧，我知道你没老婆，没儿子，我没别的本事，我能下苦，我能生孩子……"光子却已经把她推出门了，白水抱住门限不走，哇地就哭了，说道："我不是个好女人，我该去死，可孩子他没有罪呀，你让我把这孩子也弄死吗?”光子说:“孩子,孩子在哪儿?”白水眼睛看着自己的腰,光子这才注意到她的肚子微凸,就叫道:“这是哪来的孩子,谁的孩子?”白水说:“我不知道,我不知道是谁的。”光子一阵恶心,唾了一口骂道:“不要皮脸,你还有脸寻到我这儿来!”浑身打颤,砰地把门就关了。院子里一阵脚步声,接着是“咚”地一下,光子开门看时,白水瘫坐在地上,无声的眼泪纵横而下。光子也感觉到天地旋转,身子靠着门限软下去,好久好久,气缓过来,说:“白水,你走吧,你到二郎庙再去住下,我到时候找你吧。”白水颤悠悠爬起来,慢慢地走了。这一夜,光子在炕上辗转,心里好生难受,他不明白自己这辈子是怎么啦,尽遇些奇奇怪怪的女人。拉毛的事发后,他就不想再找女人,宁愿绝了这宗这门,也准备打一生光棍下去,可偏偏有女人就寻上门来。白水不是好女人,好女人宁肯死去,也不这么窝窝囊囊活着,可白水恨死了那些糟踏她的人,却对那些恶人带给她的恶种孩子这么死心疼爱。这就是女人吗?光子不是没情没欲的木头石头,可光子怎么能娶了这么一个女人?!他跪倒在拉毛的灵位前,给拉毛发誓,回到炕上,一闭眼却看见那白水挺着大肚子……他心真慌,思想心能掏出来,他就要把心掏出来扔了,撂了,少了这许多煎熬。他连夜去敲二爷的门,二爷是门中长者,听了却拉住光子的手说:“光子,权当积福吧，行善吧，女人能三番五次寻到你门下，那也是到了实在没地方的时候，你拾掇了吧。这不同拉毛，拉毛是趁人家大难占便宜，你这是难中救人啊！”光子听了老人言，到二郎庙里去接了白水，去队长家开了证明到公社办结婚证。队长说：“哈，找了这女人，老婆娃娃一块儿有了！”光子没有言语，回来接了白水到家，就算是结了婚。土炕上添两个枕头，夜里不再隔门缝撒尿了，买了一个新陶瓦尿盆。

腊月里，白水生下一子，虎头虎脑，光子起名虎娃。虎娃生性拗执，要哭就愣哭，每哄不下，却不大生病，喝米汤能喝一碗，且嘴始终不离，两眼直盯碗面，鼻孔喷出的粗气，竟冲得米汤出现两个小窝。光子见儿子可人，日子也过得比先前有味。白水有了丈夫，颜色也上了脸，腮帮丰满，白净光洁，倒比村中同龄妇人嫩面，人皆以为稀罕。光子往往从地里回来，瞧见妇人抱了孩子在院里打转转，一见却嚷：“虎娃要骑你的马马哩！”将孩子架在他的脖子上。他也就势在地上爬动，孩子揪他的头，后来热乎乎的东西从脖子上流下来。白水见了，反要说：“那又怎么啦，童尿大人喝了还治病哩。”饭菜便端上来，稀稠是现成的、热的。光子知道了女人的好处，也便第一碗献在拉毛的灵牌前。他说：“我真后悔作践了他。”

孩子两岁，腊月十四日就过生日，光子积攒了一个冬天，筹款买了六斤肉、五十斤白萝卜、三十斤红萝卜，又将家里二三斗红薯面全舀了，等着那天客来，压了饸饹招待一次。头天晚上，什么都忙活罢了，鸡已叫了头遍，光子迷迷糊糊的，白水突然摇醒了他，说："他大，我做了瞎瞎梦！"光子说，"什么梦，倒把你惊醒了？"白水说："我梦见有人到咱家来，把你打死了，把虎娃也打死了，一把火烧了咱家的房子。"光子迷信，当下心里也寒，说："日有所思，夜有所梦，你告我，那来的是什么人？"白水却不说了，含糊其词，末了咬了被头嘤泣。光子说："罢了，为一个梦咱倒这么害怕。人常说梦是反着来的，睡吧。"就又睡下。天明，一家人起来，里里外外扫除卫生，虎娃裹新衣，又用洋红水在眉心点了，客人就来了，立在门前劈劈啪啪放一串鞭炮，就抱了虎娃，说孩子长得好，虽不是光子的血骨，却长得几分厮像，光子只是嘿嘿地笑。后来村中一伙人瞧光子不在场，都来抱了虎娃逗，说："叫爹，叫爹！"气得白水抱了孩子进了屋。客到齐了，全部入席，光子给每一个人盅子里倒酒，后自个端一盅，说："都不要嫌弃，喝啊！"就有一个帮忙的过来说："光子，院门又来一伙人，不认得的。"光子说："只要能来，就让入席坐吧。"帮忙人出去，立时院里进来几个人，横眉冷眼，直叫："谁是光子？"白水正抱了孩子出堂屋，抬头看了，"呀"的一声急转室内，但四个人已经瞧见，冲进去反手扭住了，推搡到院里。众人大哗。光子上前责问，一个麻脸说：“白水是我老婆，走了四年，我到处打听，原来在这里！”光子脸色变了，问白水：“这是怎么回事？白水，这是真的？”白水叫道：“我不回去，我不回去！”哭声狼嚎一般。麻脸冷笑道：“现在你明白了吧？”一巴掌打在白水脸上，骂道：“你不回去？你活着是我家的人，死了也得是我家的鬼！”动手就往出拉。光子抱住不放，麻脸说：“兄弟，她给你做了两年老婆，你也是到还的时候了吧？眼再不亮，我还要到政府告你，你拐良家妇人！”光子眼前一黑，跌坐在院子里。孩子大声哭娘！光子疯了一般把孩子抱在怀里，叫：“白水，白水！虎娃他娘！”白水被人拉到门外，将手中的顶针卸下来，丢给了光子，哭叫着被人拉走了。

光子一病，半个月没有下炕，虎娃被邻居的婶娘养着，日日夜夜哭着要娘。半月后，光子在村里走动，村人不敢相信他的头发胡子全花白，见人也不说话靠墙立着，只是手在裤腰里抓。偶尔捏出一个肉肉的东西，也不挤，在空中撂了。整整三年，拉扯着虎娃长大，男不男，女不女的，日月过得头份糟心。这年秋天，虎娃在外耍玩，和人打架，被骂是“杂种”，回来哭着一定要娘。光子心里发酸，说：“孩子，你是有娘的，娘在 ××，这村子爹也没法待了，我领你去寻你娘去！”锁了门，往 ×× 一带去，到了洛南，寻着白水家住的地方，那是一片沟地，阴洼里有几孔窑，窑门却锁着，有蜘蛛在上结网。场院里生了蒿草，膝盖深的，人一进去，黑蚊子就扑上身，登时一身红肉疙瘩。光子出来问村人，回答是：白水回来后，痴痴傻傻，终日念叨她的虎娃，不和麻子同床卧枕，麻子用绳绑了她打，第二年春上她就死了。白水一死，麻子也破罐子破摔，迷上赌博，隔三间四地在地窑里耍钱，一次犯了事，被公安局抓去，再没回来。光子握着那枚黄铜顶针，扑倒在窑门口呜呜地哭。村人见父子俩可怜，安置了，让暂在一孔破窑里住下。窑已经快塌了，用一根木头在里边支着，如柱子一般，光子找了树枝编了柴门，白日里，领虎娃走东串西，帮人打些杂活混饭，夜里就回来歇身。村人说："光子，这不是个长久，你说，你还会什么手艺不成？"光子说："早年学过劁猪骟驴，我多年已不营生了。"村人说："这倒好，你置上一套家具，把这手艺捡起来，总比现在饥一顿饱一顿的好，何况大人什么都可以混，这孩子还小，也不能这样下去呀！"光子觉得言之有理，也便重操旧业，赚得一些钱财粮食，竟也想法将虎娃送到村中小学去插班听课。他感激这地方人的厚道，也没脸回老家去，越发为人谨慎，殷勤处事，有了几分人缘，慢慢，此村也承认了他，帮他弄个证明，算作是村中一户了。

当时，此地面正闹腾一件大事，当地政府平反了一件冤案，村子里有好多人，曾被判刑二十年、十五年，如今回来，家家喜庆。逢着喝酒，光子也去了，席间问："这是什么冤案，竟判你二十年？"平反的人说："'卫刘总队'呀！只说此案一辈子不能翻了，真是三十年河东，三十年河西，'四人帮'却就倒了，刘少奇却是好人，监狱的人就全放了。"光子想起当年拉毛村里的案子，感叹这一桩案子牵涉这么大！乜眼看着窗外，院门楼上有人正放鞭炮，下边一伙儿孩子抢着拾，吵得大呼小叫。主人又在让酒，人已经八成醉了，酒淋淋地湿了前心，光子说："大哥，平反是平反了，这多年的牢也就这么白坐了！"不忍再喝下去。主人说："哪里就是白坐了！政府还是好啊，每人放出来，十五年以上的补偿六百元，十年以上的补偿四百元，十年以下的也三百元。你想想，就是不坐牢，农民哪儿能拿得出这么多钱？现在有了钱，买了粮，置了衣服，我还准备翻修一下房子，受苦是受苦了，可权当是去挣钱了呢。"光子没有接话，又喝了一盅，苦涩难咽，就告辞回窑里歇下。

三日后，光子出外劁猪，挣得一些钱，便买了一斤肉回来。虎娃不在，出去捡柴火了。窑里就来了一个人，棒槌脸，人中处长就一个黑痣，茸茸长了毛，见了光子笑道："嗨，日子不错嘛，有肉吃了！"光子说："多时没见腥了，孩子肚里寡哩。今日你不走，就在这儿吃吧。”那人也坐下来，果然不走，只瞅定光子发笑。光子说：“你笑什么？”那人不语，扳正光子头细细瞧那眉毛，说：“让我看看，你的眉骨白色了没有？”光子就笑：“你还会看麻衣相？”那人说：“是白色了，事情该成了。光子，这顿肉我是该吃了，我给你来做媒的。”光子并不反应，手里忙活。那人说：“吓，我给你说这么大的事，你竟不吭不哈？这女人好多人都在抢了，我闭口不允，专是给你的。”光子说：“我没那个福分，谁嫁了我，也只是要饭的。”那人说：“女人对我说了，她不图高官厚禄，图的是人，说死也不找本地的，你不是正好吗？”说话间，虎娃回来，担一笼柴火，一身泥土汗水。瞧见炒肉，喜欢得就趴在锅沿上。那人说：“虎娃，你要娘不要？”虎娃说：“要的，有娘了我能穿新衣裳。”那人就说：“光子，女寡难磨，男寡更难磨，一家两个光葫芦，被子破了没人补。”光子心便动了，问道：“这是啥女人？”回答是：“人没说的，俏子货哩，要是平常，你光子提百八十的礼也聘不到的，她是坐了牢才出来的，手里还捏有五百元钱哩。”光子叹了一口气，说：“是‘卫刘总队’的？一个女人也判了十五年？”那人说：“受了难，知道的事就多了，光子，这事就说定了，下午我领人来，你和她见见面吧。”当下肉已炒好，三人狼吞虎咽了一场。午后，光子把虎娃支应出去，等着那女人来，心里慌得不行，思想今生还能再娶个女人，犹如在梦里一般。对于女人，光子不是馋嘴猫，那份情火，昔日的冷水已经扑灭了，只是虎娃还小，没人照应，自己若这么下去，人不人，鬼不鬼，也没能力以后让孩子上学，这女人真能嫁过来，就可回商南去住，囫囫囵囵一个家，一生也就对得起虎娃了。思忖不已，听得窑前有了脚步声，心就怦然而动，偏故意坐着不动。媒人在外边叫："客来了！"光子才迎出去，窑门口站着一个女人，不看则已，一看骇绝，女人也变脸失色，张嘴呼不出一个字来。媒人也呆了，叫道："你们认识？"光子说："认得。"便叫那女人，"亮亮，你怎么能在这儿？怎么就坐了牢？"亮亮随之泪如泉涌，径直入窑坐了，说："人世上不走的路也要走几遭，不见的人也要见几面，光子哥竟也在这儿！拉毛哥呢？"光子说："死了，我作践了他，上吊死了。"亮亮说："死了？死了也好。"俩人说起往事，都没了激动，心平气和。光子见亮亮身子发胖，胖得极不正常，知道是患了肥胖病，性格也全然变了，若不是那张脸，谁也想不到这就是当年的亮亮。三人说了一些话，媒人便起身走了，说："既然都是熟人，我在这儿也是多余，你们好好叙叙，明日我来讨你们的准话。"俩人坐着到天黑，虎娃也回来，亮亮招之，则热乎而来，似前世有缘，亮亮也全无往昔的羞愧，说了很多这些年的遭遇。先是亮亮在洛南北川，父亲为北川中学教师，母在家务农，亮亮无兄长，一直跟爹住校念书。“卫刘总队”案子发后，爹受到牵连，清查时被人打死。亮亮四处给爹翻案，也被诬陷为“卫刘总队”的人员，就到处寻着抓她，她出逃时在洛河落水，才被拉毛、光子打捞上来。她感激拉毛和光子，却不敢说明自己的身份。那天，她正在熟睡，拉毛拔了门关进来，要和她睡觉，她先是不肯，后觉得有救命之恩也就迁就了他。被光子发觉后，她羞愧难言，等光子一走，自己也就走了。没想这次事却有了后果，七个月后，生下一个女孩。她抱着孩子逃回老家，母亲经人威逼交出女儿，悲愤上吊死了。也就在当天晚上，来人将她抓走了，孩子当时交给一个陌生人，只说是其父叫拉毛，在洛南××村，从此身陷囹圄，与外界隔绝。光子听罢，已是泪流满面，后悔那时不该羞辱拉毛，若那时他们做了夫妇，也不至于弄到现在地步。亮亮说：“光子哥，过去的事就不说了。”光子说：“是的，不说了。这些年里，你在牢里也受了苦？”亮亮说：“苦是苦，我只说今生今世就死在牢里了，没想到还能出来。出来了，我亮亮还要办一件大事呀！”光子问道：“什么大事？”亮亮便从桌上取了烟来抽，直直拿眼睛看光子，说：“难道这牢就这么一坐几年就了了？我爹就那么白白死了？”光子说：“政府不是给你发了钱吗？”亮亮便从腰里取出一沓钱，啪地压在桌上：

“是发了钱。可一件冤案，牵涉了二三百人，这是谁制造的？总不能一尽儿推给‘四人帮’？！当年一手搞的那些人，却说当年抓是对的，现在放也是对的，他们照样还在位上。那个姓巩的军宣队现转业了还是个主任，那个公安局长还是局长，这件冤案，他们先是压住不理，后来上边有人提说这事，查下来，才不得已着手办的。从公社到区上，当年设公堂拷打人的，现在依旧原样不动，没想山里人，在这么多年里，也没一个人去上告，放出来的人拿了钱，就喜之不尽！我还是要告的！”光子只听着，脑袋放沉，狠劲吸烟。

这一夜，光子睡不着，看了一夜窑窗窟窿里透进来的月光，听了一夜窑外的蟋蟀声。虎娃爬起来，瞧爹的眼睛光光的，说：“爹，你也没瞌睡？”问话问得奇怪，光子说：“没瞌睡。”虎娃说：“你也想着那个婶婶吗？”光子久久地看着儿子，心里发酸，问道：“婶婶好吗？”应答是：“婶婶好。我好像在哪儿见过？”光子赶紧催他瞌睡：“信嘴胡说，你能在哪儿见过？睡吧，睡吧！”虎娃睡着了，他却直感到命运竟这样捉弄他！他同情亮亮的遭遇，却又害怕同亮亮结婚，当年亮亮和拉毛，是自己侮辱了他们，拉毛才身亡的，如今自己却要同亮亮结婚，虽说过去的事已经过去，但心里总有一个阴影。自己是什么人，农民，最窝囊最不景气的农民，怎么能要一个教师的女儿？

亮亮虽然坐过牢，但她已经平反了，她是可以找着比自己更强的人的。他是不敢再见着亮亮，也不能对媒人说明原委，天未明就将虎娃摇醒，收拾了全部家当，拉着走了。虎娃说：“爹，咱这到哪儿去呀?”他说：“这儿不是咱久待的地方，回到老家去吧。”虎娃再问：“那个婶婶也和咱走吗?”光子说：“你没有那个婶婶的!”拉了孩子却去了白水的坟上，父子双双跪下磕头。他们一直往东走，白日吆喝着给人劁猪骟驴，到谁家，也不收费，只求管饭，黑了就睡在谁家。如此半月过后，还未走出洛南县境。一日到县城，父子俩正踅行街头，呼啦啦一群人往东跑。光子不知有了什么事，问时，说是：“去看热闹呀!”光子问：“什么热闹事?”那人说：“有一个女人，天天到县委来告状，书记被她找烦了，再不见她，后来连门房也不让进，她又吵又闹，是个神经病哩。”光子也就不再问下去，到一饭店去吃饭，吃着，虎娃却出去了，再找没有找见，急得光子满头大汗。虎娃回来了，说是他去看那神经病人去的，就附在爹的耳边说：“爹，那神经病人我认得呢!”光子问：“认得是谁?”虎娃说：“就是那个婶婶。”光子脑袋嗡一下，浑身麻木，他万万没想到，亮亮会是这样，一个肥胖症的独身女人这么告状，她住在哪儿、吃在哪儿，一肚子委屈又会向谁诉呢？光子在心里骂自己：“光子，你一辈子干些啥呀，亮亮之所以要找个家，就是有个落脚，好为上告申诉，你却又不言不语走了，这女人已经苦了半辈子，第二天再去找你时，那心里会怎么个想法？”便对虎娃说：“走，领爹去看婶婶！”去时，人已走散，亮亮也无踪影。问门房的姑娘，姑娘说：“神经病，谁知道住在哪儿，天底下还有这号没脸面的女人，才出了狱，寻着又要进狱哩！”旁边有人说：“我知道她住在哪儿。”光子就拱手打问，那人说：“谁也不收留她，她去联合那些坐过狱的人一块儿上告，却被人家笑骂了一场，说她无事找事，不肯让她住，怕再连累。她白日四处找各位领导，夜里就睡在城关七队的看庄稼的庵棚里。”光子道了谢，就一路寻城关七队的庵棚，庵棚没门，里边果然有一床破被子，像是人睡过的，但亮亮没有在。光子流了两股眼泪，对虎娃说：“虎娃咱让婶婶和咱们一块儿走行不行？”虎娃说：“行的。”光子又说：“你以后愿意叫她是娘吗？”虎娃说：“我娘已经死了。”光子说：“你亲娘死了，她就给你做后娘，你叫不叫她？”虎娃说：“叫的。”父子俩默默坐了一会儿，光子就让虎娃在这儿等着，他去买了几个饼子，赶回来，虎娃已经在亮亮的怀里睡着了，光子叫声“亮亮”，俩人相抱，悲痛欲绝。

光子父子从洛南往回走，同行的从此有了亮亮。他们没有结婚手续，但光子做丈夫，亮亮也做了妻子；虎娃跑前跑后，叫一声“爹”，就要叫一声“娘”。一家三口沿途一边儿做手艺，一边儿混嘴赶路，早起晚归，历尽辛苦。光子说：“亮亮，这状是告不倒的，那些人当年制的冤案，现在寻他们告，这不是自讨苦吃吗？咱们回去，将家安顿了，我陪你，咱往上边告，省上告不赢，往中央告！”亮亮说：“有了你，我心里也踏实。一个女人，遇着大事，心里也是没个主见，我为了告他们，是没个主心骨，没个知我疼我的，天黑睡在那庵棚里，半夜半夜地流泪。你娶了我，你不嫌弃我不安分吗？”光子说：“这么大的冤案，我怎能不让你上告？他们作践你是神经病，我看你是比男人家还强哩！我是穷光蛋的人，那天虽偷偷走了，我是嫌我配不上你，没想你……”亮亮也流了泪，说：“日月把我折磨得也男不男、女不女的，一个女人家，谁没有自尊心？可我不那样做，我这心不死啊！咱们穷是穷，总算是一家人了，我相信这案子能翻，恶人会得到惩罚的，到那时，咱的日子是会像人一样过的。”

到了商南，村人皆惊奇，说是光子出去一趟，竟发了，领回来一个老婆。亮亮在村里，劳动不行，又会吃烟，动不动又发大火，又爱认个死理，村里人就又议论她不像个女人。后来知道她是才出狱的，又四处告状，就拿冷眼看她。光子出外，村人就说：“光子，什么人不可找，偏找这号女人，她坐过牢狱，什么也不怕了，能好好跟你过日子？”光子只是不反驳，回来也不对亮亮提说。买了许多纸，夫妇俩人在家写状子，光子文化浅，不会写，夜夜就守着灯看着亮亮写，自己拿了鞋耙打草鞋。稻草拉动索索地响，亮亮写不下去，他就笑一声，独自拿了到院子去打。半夜了，亮亮说："你歇着吧。"光子坐炕上，亮亮将写好的状子念给他听，某一处说得太重，他说："话不能这么说，当官的也是人，咱不能一笼统说怎么坏，要告咱就具体告县上那几个制造冤案的人，上边必然会下来调查，一调查了咱再说。"亮亮连连点头。可是，状子接二连三寄到省上，却泥牛入海，没有消息。亮亮又去洛南询问。那做头儿的说："你问状子吗？状子在我这儿。你就是告到天上玉皇大帝，还是批下来让我们处理的。"亮亮回来只气得呜呜哭。光子见女人恸哭，心也软了，好劝说歹劝说，亮亮只是哭得厉害。光子说："你是刚强人，怎么一下子软成这样？"亮亮说："我也不知道，以前遇到什么样的事，我都从未哭过，自从嫁了你，不知道这眼泪就这么多了。你说，现在咱怎么办呀？"光子说："省上告不成，咱往中央递状子。"夫妇就上书北京，每隔十天寄一封出去。亮亮已经在村里住过五个月，苦苦焦焦的，身子不但没有瘦，反倒越发肥胖。渐渐天气转凉，到了冬日，一日窗外雪雨潺潺而下，光子和亮亮拥坐在火炕，光子忽问："你没有什么感觉吗？"亮亮脸色泛红，摇头不语，后来说："光子，你也是这把年岁的人，我知道你盼有个儿女，这么长时间没个身子，我害怕是这病的原因呢。”一脸羞愧。光子就安慰道：“不会的，你是会有个儿女的，你爹娘死得惨，你上无兄，下无弟，我并不是一定要你给我生个儿女，我想你们这一宗门也不至于从此就没了后代。”话这么说着，又过了数月，亮亮还是没有任何迹象。到了七月十五，瓜果成熟，晚上亮亮上炕去睡，觉得有硬硬的东西，揭了被看时，竟是一个大北瓜。问光子是怎么回事？光子只是含笑不语，问得紧了，说：“是给你偷娃呢。”原来此地风俗，不孕妇女到了七月，村里好心人就从地里偷了瓜果悄悄塞在其妇被窝，这样可祈望怀孕。光子前几天就让村里人给亮亮偷一次“娃”，村人嘴上答应，实际并不肯干。光子就自己从自留地摘了北瓜，塞在自己炕上。亮亮听了原委，先是哧哧笑，后来抱着北瓜则嘤嘤抽泣，说她全是这病得的，以前和拉毛，不该生育时倒生了一个女儿，如今成心要生了，却生育不下。光子就说：“拉毛留下的那孩子现在不知道活在世上不？可怜这孩子命苦。”自此亮亮更待虎娃好，家里好吃好喝的全让他吃。虎娃也乖巧，将“娘”叫得很甜。

又是一春，告状依旧没有消息。亮亮说：“与其咱们这么在家死等，不如让我亲自去跑一趟，到北京去！”光子说：“你这是疯了，你知道北京在什么地方？”亮亮说：“鼻子下有嘴，我可以问着去，到了北京，就寻那天安门，北京人还能不知道状在哪里告吗?”光子说:“那要多远的地方,我跟你一块儿去吧!”亮亮说:“我怕这连累了你,这次告不赢,或许我还会坐牢的。你还是在家吧。”夫妇俩就四处筹钱。光子为人家劁猪骟驴,几个月里家里不见油水,如此省吃俭用,积攒了百十元。百十元哪儿够盘缠,后来他就上山去砍荆芭卖,他心重,别人一次背百十斤,他背二百,分两次,一百背下山了,再上山背另一百,然后一路反复倒转,天黑严了才能回来。亮亮身子笨拙,行动迟缓,就和虎娃找着公路养路段,为人家砸铺路石。用竹子编一个圆圈,套了石头,举锤子砸,母子天不明就坐大路边,直砸得满天星月方回。村人皆议论:这一家浪子回头了,像个过日子的人家了。再见着光子,便说:“你们夫妇若早早这样,日子早也富了!”光子说:“我们在攒钱,有了钱再去北京告状呀!”村人说:“还要告状?再要告,就会家破人亡的。人是要安分,农民嘛,还想怎么的?亮亮得了五百元还不足数吗?”光子说:“这你不懂。”村人说:“不懂,我不懂?我看你娶了那女人图了啥,一不能生娃,二不能劳动,就是陪她告状?”越发认为光子是傻子。

阴历七月,虎娃六岁,夫妇双双送去上学。这孩子极尽聪慧,四岁上就开始认字,认得百位以下数目,五岁上有亮亮教授,能背得十首唐诗绝句。一到校后自然比别的孩子学业长进，老师也以为奇。八月里，夫妇清点了积蓄，要上北京去，亮亮却病了，光子说："你这身子，我怎忍心让你一人出门？不如我去。"亮亮说："这不行的，事情原原本本全装在我肚里，你又是没嘴葫芦，我才不放心你哩。"两个作难半日，最后决定一块儿上路，只是虎娃年幼，带上不方便，又要误了课业，迟疑不决，说知给了老师，老师并不知这段冤情，当下也流了眼泪，说："若不嫌弃，虎娃我管他几个月吧。"又掏出三十元钱给亮亮。亮亮推托不过，跪下竟磕了头，发誓道："老师，这恩情怎么报你！三十元我收了，权当借你的，日后我会加倍偿还的。"俩人背了一卷铺盖，又烙了石子饼带上，一路不敢住大旅社、下馆子，讨水泡了石子饼充饥。石子饼是乡里特产，将面团揉到醒透，擀出薄纸一般，放洗净的石子在锅烧热，面饼摊上，再覆一层热石子所做。如此有车扒车，无车步行，走了半月，到了郑州，亮亮已经精疲力竭，坐在火车候车室里不能动弹了。其时天还热，候车的人多极，光子说："我打问了，咱如今方走了一半路程，你就病成这样，什么时候才能赶到北京？"还是买了票，坐火车走吧，一问，车票每人十几元，亮亮就心疼，说："咱不是到北京事就完了，听人说如今上告的人多，全都到北京来，要在国务院门口坐了长队等候，十天八天或许不行，一月两月也说不定。咱们到了那时，没了钱吃什么，花什么？”急得光子挠头抓耳，苦无良策，买了两杯水就石子饼来吃。亮亮说：“这鬼地方，什么都是要钱，咱老家水用井盛着，这儿一口水也值得花钱来喝。”候车室人都带有干粮却差不多全坏了，瞧见光子他们吃石子饼，顿觉稀罕，问是几时烙的，亮亮说：“二十天前。”众人愕然。亮亮就让他们品尝，尝者莫不叫好，就有人掏钱来买。连光子也未想到，十三张石子饼竟卖得二十三元，俩人喜不自禁，便买了车票，一天赶到北京。没人处亮亮哈哈大笑：“石子饼救了咱们，往日都说城里人捉弄乡下人，倒是咱乡下人捉弄了城里人！咱也尽量不吃这饼了，说不定以后还能卖个好价钱的。”

在京城，他们沿着路两边屋檐下走，眼睛东瞅西看，脚步抬得老高。四处打听告状地方，有人就指点，告状有好多个，全国各地上访的都是在国务院的门口，在 × × 大街那儿。光子就拉着亮亮去找 × × 大街，问了几个人皆不知道，却要说：“又是告状的，如今告状的人这么多！”后问着一个人，听口音是北京的，亮亮上前问道：“同志，你们北京 × × 大街怎么个去法？”那人说话极快，言语尽是在舌尖上绕，说怎么过了前边的大街，怎么往右拐进一条街，再向左进一条街。后来总算找到了告状的地方，那里确实挤了好多人，全是外地的，许多装扮是农民。光子也觉得不自在，上去和农民拉话，一拉开，都是告了几年状，皆告不赢的。那人说："现在要告状，就要到邓大人那里告。"光子问："什么邓大人？"那人说："就是邓小平呀！"可是告状人多，每天接待的时间有限，光子和亮亮从早到晚，每次都轮不到，两个人也不敢走散，一块儿出去找吃素面，夜里在街道什么拐角靠墙睡一会儿，天亮又赶去，人又是一长队。亮亮说："咱这样跑，到哪年哪月才能接待上？还是一个在这儿排队，一个去吃饭，轮流着来吧。"亮亮就担心光子出去，寻不回来，千叮咛，万叮咛。但光子还是走失了，他走了许多大街，急得满头大汗，在地上吐下一口痰。才转身，便被人拉住，他吓了一跳，赶忙用手按住腰间那硬硬的一套东西，问："怎么啦？"那人凶了脸说："罚款五角！"光子大惑："我走得好好的，不偷不抢，罚我什么钱？"那人说："随地吐痰！"光子更不解了："吐痰怎么啦，不吐出来，憋在口里？"立即围观一群人，则一起指责光子，光子心慌了，说一句："北京城才怪了，痰也不准吐！"手只好在腰里掏，掏了半天，掏不出钱来。那人逼得越紧，他越掏不出，就哭丧了脸说："同志，你跟我到背人处掏吧，这里人多眼杂，保险没贼吗？我是来上告的，农民一个钱不容易啊！"那人就引他到一边儿去，他方解了裤带，在裤裆之间掏出一笔钱，抽一张一元的让找。那人倒不耐烦了，说："没找的，你耽误这么长时间，罚一元吧。"光子急了，拉住不行，那人面如凶煞，呵斥一通，竟扬长而去，光子气得满口白沫，没个办法，就骂道："这不是明着抢人吗，唾一口罚五角，凭什么收我一元?"气上来，又吐了一口，泪眼婆娑地走了。到了 ×× 街，亮亮好生埋怨一顿，他也没敢说罚款一事，只恨自己认不得路。从此俩人再不拆伴，一天一夜未敢吃饭，在那里守着。这一日终于受到接待，问明了情况，人家又让到 ×× 街 ×× 部门去找，俩人又跑了一天，拿了一份证明，又要叫到 ×× 街 ×× 部门去办理，结果又是一天。那部门就收了状子，答应处理，亮亮说："什么时候有下落?"回答："你们回去吧，会批转下去的。"亮亮就说："批下去，还是一层一层往下批，那又不是肉包子打狗吗?"眼泪就流下来，千声万声诉其冤情。部门的人就说："那好吧，你们等着，过几日来问结果，给你们个具体答复。"俩人谢天谢地，出来，光子说："人家那是什么地方，你怎么又是鼻涕又是眼泪的!"亮亮说："就要这样！要越可怜越引起同情，要不，告状人这么多，能轮到咱?"这么三日后又去，未有结果；又三日，还是无消息；一连又是半月，俩人钱花得差不多了，蔫得霜打一般。光子就又坐街头卖起石子饼来，一人买起，众人都买，一时竟有了声名，传说这石子饼的好处，落得了一笔钱。亮亮说："北京人怎么爱吃这东西，若是以后案子彻底平了，要做生意，咱也到北京来做吧。”第二十天里，有了答复，他们得到一张批文，同时说明，另一个批件已经批转下去，保证会得到解决的，让回去直接找省上 ×× 领导，俩人连夜搭车赶回，又到省城待了七天，便返回商南老家。

一个月后，“卫刘总队”一案进行全面调查落实，亮亮被叫回到了原籍洛南。很快，那些当年制造冤案的人受到了党纪国法的制裁，亮亮父亲彻底得到了平反，亮亮转入居民户口，接替其父的职业。消息传出，轰动了商州地面，那些冤案涉及的二百余人，那些受害的人的成百成千的家属、亲戚，莫不震惊，同时脸上无光，视亮亮是一位英雄了。亮亮从商南还未回到洛南，村里人已经见天到光子家里，齐声夸说亮亮好，说光子憨人憨福，竟能找了一个吃公家粮的老婆，甚至虎娃在外，也常被人抚摩了头，评论这孩子长相就不是个当农民的，喊他“城里人”。背过身去，却拍了腔说：“亮亮好是好，但不一定以后就还是光子的老婆，天下的事是有男的在外工作，女的在家务农的，却未听过有女的在外工作，男的在家务农，阴阳颠倒。”光子听见，只当耳边风。亮亮一回来，他却就筹备几桌酒菜，在家招待乡里邻居。亮亮说：“花这么多为甚，这些人都是阴阳脸，咱往日恓惶时，个个如乌眼鸡一般，如今案翻过来了，都好得如同几世的亲戚！”光子说：“世事就是如此，事到如今，他们能来，咱也高兴，何必招惹了他们呢?”酒席间，皆喝得颠三倒四，闹腾了多半夜才走。

客人散后，屋里一片狼藉，夫妇俩累得精疲力竭，坐着说话，恍惚如隔世。虎娃说:“娘，你是要做老师吗?”亮亮说:“娘是要做老师。”虎娃说:“那你就要走了吗?”亮亮吃了一惊，忙问:“你怎么知道?”虎娃说:“村里人说的，说你一走，我又没娘了。娘，你要走，你领我去，你要不要我呢?”亮亮一把揽过虎娃，痴呆呆看着光子。光子也在灯下愣了，忙说:“虎娃!”却说不下去。亮亮便走近去，说:“光子，村里人怎么能这样对孩子说话?我亮亮不是没心肝的人，没有你，哪会有我一个女人的今日!你可不要有这份心思，我亮亮今生今世是你的老婆!”光子一脸尴尬，却笑了:“孩子说话，你也往心上去呀!”三天里，夫妇恩恩爱爱，如漆似胶。四天里，光子送亮亮去洛南，他们没有走公路，斜插了走山路，亮亮背了铺盖卷，一把雨伞，光子挑了一个担，箩筐一头坐着虎娃，一头放着吃食用品，鸡鸣牛儿岭，踏霜到了七道川，一路快走，到了洛南某学校报到。在校待过五天，光子说要回去，虎娃却留下不走，亮亮说:“你也不走吧，多住些日子回去，你我夫妇好容易有了今天，好好在这儿过过轻省日子。”光子就住下来。学校老师都来看过，看过了皆说光子身体好。夜里光子就对亮亮说:“我来这里，也给你丢了人了！”亮亮说：“丢什么人，你正正气气在这里住着，只要我不嫌弃你，世上就不会嫌弃你！”从此，光子白日吃罢饭，亮亮去上课，虎娃也去上课，他就在学校外游逛，游腻了，待在房里闷坐。不到半月，倒闷出病来，只感头痛，以为是头发长，到镇上剃了头，但头还是沉重，终于说：“亮亮，我活该是土命，享不了这轻省福的，你还是让我回去，过上一段时间，我再来看你母子。”亮亮留不住，只得放行，相送十里路，招了招手看着他去了。

光子回到村里，房子却被邻居占了。邻居的父子分家，老子撵儿子出来，以为光子不回来了，就私自扭了锁，住了进去。当下见了光子叫苦不迭：“只说你攀了高枝，你怎么又回来了？”光子说：“我能识几个字，我留在那儿干什么呀？”还是把家三间房一隔两半，间半让那邻居住了，间半自个住。转眼过了五年，夫妇俩从不通信，麦秋二料农活毕了，光子就去洛南一次两次，寒暑二假，亮亮和虎娃回来探亲。日子过得万般滋润，村中人人企羡。又是一个秋季，虎娃升到中学，消息传回来，光子动身就要去。院子里一树梨结得比往年都繁，光子就天天看着那梨成熟，好带了果子去看望那母子。到了新梨摘下，突然收到一信，说是亮亮病危，催他速去。光子吓得失了魂魄，披星戴月赶去，亮亮却前一天夜里闭了眼。亮亮心神憔悴，又患着肥胖病，到校以后心松下来，身子一下子也就垮了。一个晚上，虎娃已经睡着了，她还伏在案上批改作业，天明虎娃醒来，以为娘是伏在桌上睡着，叫声“娘，你一夜没睡”？娘未应声，过来看时，她已经死了。光子默默地为亮亮洗擦了身子，换了新衣，买棺材盛了，一下下在板盖上钉钉子，声响沉重，师生们全哭了。光子没有哭，也没有流泪，雇人运回村里埋了。人们都在奇怪，光子为什么没有哭，即就是夫妇生活很短，亮亮没为他生养一男半女，可一夜夫妻百日恩啊，他竟不为她哭一声?！虎娃也在怨爹、恨爹，光子让他转学回到老家来，他不，他不愿意见这个没良心的爹，他要继续在娘的学校上学，睡到了学生宿舍，在集体灶上搭伙。光子月月将钱和粮票兑去。

从此，光子再没有走出过商南，他极少说话，只字不提亮亮的事。多少人问他为什么那样心硬，皆闭口不言。精心侍弄着田地，有空就出外劁猪骟驴，但全不少收别人的分文。每月初一，准时到邮局去，给虎娃寄钱，却绝不写一个字的信，而且每月十九元八角，连邮费两角，整整二十元，一分不多，一分不少。虎娃也从不来信，初中毕业后，考到洛南县高中。光子一天老出一天了，差不多头发和胡子都灰白了，再没了气力出外劁猪骟驴，将分到的一份土地，一半种了粮食，一半种了西红柿。这一年西红柿长得茂旺，结果累累。光子就每晚坐在棚里看守。一日黄昏，夕阳西下，西红柿架丛中雾色苍茫。光子默默地吸着烟，眼光已经发花了，却呆呆地看着天边。天边的浮云，七彩流溢，忽聚忽散，幻变无穷，末了，就全然乌黑。忽闻有窸窣细响，以为飞虫扇翼，一回头，却隐约觉得一个人影钻进架丛去，光子欠了欠身，正待叫喊，那人影趴在架丛下往前爬，用尽了努力。原来是个小儿。他便收起身子，重新端坐，默默地平静地吃他的烟。小儿已经摘了三个西红柿，又爬出去，一溜烟没在庄稼地里不见了。自此，三天五天，小儿便又来，来了便从地垄趴着爬来，在架丛上摘三个四个西红柿再悄悄趴着爬出。后来察看地垄，那里已被四肢和肚皮磨出了许多道痕，连草都压平了，他不忍心小儿这样艰难，就拣最大最红的西红柿放在地头。但是，三天过去，五天过去，小儿却再没过来。光子每天黄昏在庵边静候，心里倒觉得那么空，那么慌，一直坐到星月满空，远处有了鸡鸣声，方一边看着地边一边回到庵里去睡，又一直支着耳朵听动静。万籁俱静，他听到的是虫鸣。终于，他走出地来，提了一篮西红柿到镇上，想寻找到那个小儿，却再未寻到。又一日寻无踪影，闷闷在一家酒馆坐喝，喝至八成，头重脚轻，一抬头，忽地看见一个人匆匆从店门外走过，那身影极像一个人，候了半天，便叫："这不是当年落水时的亮亮吗？"就惊慌出来，那人的走式又完全是拉毛的样子，再揉揉眼，那人却再没有。顺街追了一段，依旧未见，就痴痴地立了一会儿，笑一声，摇摇头踉跄归去。夜里，却似醒非醒，是梦非梦，觉得那是一个姑娘，是亮亮和拉毛的女儿，她已经长大了，养母告诉了她的生父是拉毛，是住在洛南的。她去洛南找爹，村人说早年去过商南他那儿，再没回来。姑娘就赶到这边来找他了。天明起来，便认定这是真的，说："这姑娘比虎娃大一二岁，大是大些，'媳妇姐'也是有的，白水不是就比我大吗？"一连半月，西红柿便没看守，四处打听姑娘，但四乡八村皆说未见。

1985 年

商州初录

黑龙口

从西安要往商州去，只有一条公路。冬天里，雪下着，星星点点，车在关中平原上跑两个钟头，像进了三月的梨花园里似的，旅人们就会把头伸出来，用手去接那雪花儿取乐。柏油路是不见白的，水淋淋的有点滑，车悠悠乎乎，快得像是在水皮子上漂；麦田里雪驻了一鸡爪子厚，一动不动露在雪上的麦苗尖儿，越发地绿得深。偶尔里，便见一只野兔子狠命地跑蹿起来，“叭”地一声，兔子跑得无踪无影了，捕猎的人却被枪的后坐力蹬倒在地上，望着枪口的一股白烟，做着无声的苦笑。

车到了峪口，嘎地停了，司机跳下去装轮胎链条；用一下力，吐一团白气。旅人们都觉得可笑，回答说：要进山了。山是什么样子，城里的人不大理会，想象那是青的石，绿的水，石上有密密的林，水里有银银的鱼；进山不空回，一定要带点什么纪念品回来：一棵松塔，几枚彩石。车开过一座石桥，倏忽间从一片村庄前绕过，猛一转弯，便看见远处的山了。山上并没有树，也没有仄仄的怪石，全然被雪盖住，高得与天齐平。车开始上坡，山越来越近，似乎要一直爬上去，但陡然路落在沟底，贴着山根七歪八拐地往里钻，阴森森的，冷得入骨。路旁的川里，石头磊磊，大者如屋，小者似斗，被冰封住，却有一种咕咕的声音传来，才知道那是河流了。山已看不见顶，两边对峙着，使足了力气的样子，随时都要将车挤成扁的了。车走得慢起来，大声地吭吭着，似乎极不稳，不时就撞了山壁上垂下来的冰锥，霍啷啷响。旅人都惊慌起来了，使劲地抓住扶手，呼叫着司机停下。司机只是旋转方向盘，手脚忙乱，车依然往里走。

雪是不下了，风却很大，一直从两边山头上卷来，常常就一个雪柱在车前方向不定地旋转。拐弯的地方，雪驻不住，路面干净得如晴日，弯后，雪却积起一尺多深，车不时就横了身子，旅人们就得下车，前面的铲雪，后面的推车，稍有滑动，就赶忙抱了石头垫在轮子下。旅人们都缩成一团，冻得打着牙花，将所有能披在身上的东西全都披上了，脚腿还是失去知觉，就咚咚地跺起来。司机说：

“到黑龙口暖和吧！”

体内已没有多少热量，有的人却偏偏要不时地解小手。司机还是说：

“车一停就是滑道，坚持一下吧，到黑龙口就好了。”

黑龙口是什么地方，多么可怕的一个名字！但听司机的口气，那一定是个最迷人的福地了。

车走了一个钟头，山终于合起来了，原来那么深的峡谷，竟是出于一脉，然而车已经开上了山脉的最高点。看得见了树，却再不是那绿的，由根到梢，全然冰霜，像玉，更像玻璃，太阳正好出来，晶亮得耀眼。蓦地就看见有人家了，在玻璃丛里，不知道屋顶是草搭的，还是瓦苫着，门窗黑漆漆的，有鸡在门口刨食，一只狗呼地跑出来，追着汽车大跑大咬，同时就有三两个头包着手巾的小孩站在门口，端着比头大的碗吃饭，怯怯地看着。

“这就是黑龙口吗？”

旅人们活跃起来，用手揉着满是鸡皮疙瘩的脸，瞪着乞求的眼看司机。有的鼻涕、眼泪也掉下来，咝咝地吸气，但立即牙根麻生生地疼了，又紧闭了嘴唇。可是，车却没有停，又三回两转地在山脉顶上走了一气，突然顺着山脉那边的深谷里盘旋而下了。那车溜得飞快，一个拐弯，全车人就一起向左边挤，忽地，又一起向右边挤。路只有丈五宽窄，车轮齐着路沿，路沿下是深不见底的沟渊，旅人们“啊啊”叫着，把眼睛一齐闭上，让心在喉咙间悬着……终于，觉得没有飞机降落时的心慌了，睁开眼来，车已稳稳地行驶在沟底了。他们再也不敢回头看那盘旋下来的路，在心里默默地祝福着司机，好像他是一位普救众生的菩萨，是他把他们从死亡的苦海里引渡过来的。

旅人们都疲乏了，再不去想那黑龙口，将头埋在衣领里，昏昏睡去了。但是，车嘎地停了，司机大声地说：

“黑龙口到了，休息半小时。”

啊，黑龙口！旅人们永远记着了，这商州的第一个地方，这个最神圣的名字！

其实，这是个小极小极的镇子。只有一排房舍，坐北向南，房是草顶，门面墙却尽是木板。后墙砌着山崖，门前便是公路，公路下去就是河，河过去就是南边的山。街房几十户人家，点上一根香烟吸着，从东走到西，从西走到东，可走三个来回。南北二山的沟洼里，稀落着一些人家，都是屋后一片林子，门前一台石磨。河面上还是冰，但听不见水声，人从冰上走着，有人凿了窟窿，放进一篮什么菜去，在那里淘着，淘菜人手冻得红萝卜一样，不时伸进襟下暖暖，很响地吸着鼻子，往岸上开来的车看。冰封了河，是不走桥了，桥是两棵柳树砍倒后架在那里的，如今拴了几头毛驴，像是在出卖，驴粪屙下来，捡粪的老头忙去铲，但已经冻了，铲在粪筐里也不见散。

街面人家的尽西头儿，却出奇地有一幢二层楼，一砖到顶，门窗的颜色都染成品蓝，窗上又都贴着窗花，觉得有些俗气：那是这里集体的建筑，上层是旅社，下边是饭店；服务人员是本地人，虽然穿着白大褂，但都胖乎乎的，脸上凸着肉块，颧骨上有两块黑红的颜色。饭店的旁边，是一个大栅栏门，敞开着，便是车站，站场很小，车就只得靠路边停着。再过去是商店、粮站，对着这些大建筑，就在靠河边的公路上，却高高低低搭起了十多处小棚，有饭馆、茶铺、油粉摊、豆腐担、柿子、核桃、苹果、栗子、鸡蛋、麻花……闹闹嚷嚷，是黑龙口最繁华热闹的地面了。

黑龙口的人不多，几乎家家都有做生意的。这生意极有规律：九点前，荒旷无人，九点一到，生意摊骤然摆齐。因为从西安到商州来的车，都是九点到这里歇着，从商州各县到西安，也是十点到这里停车。于是乎，旅人饥者，有吃，渴者，有茶，想买东西者，小么零什山货俱全。集市热闹两个小时，过往车一走，就又荡然无存，只有几只狗在那里抢骨头了。

车一辆辆开来了，还未停稳，小贩们就蜂拥而至，端着麻花、烧饼，一声声在门口、窗下叫喊。旅人们一见这般情形，第一个印象是服务态度好，就乐了。一乐就在怀里摸钱，似乎不买，有点不近情理了。

司机是冷若冰霜的，除非是那些山羊、野鸡、河鳖一类的东西，才肯破费。他们关了车门，披着那羊皮大衣，扑扇扑扇地往大楼饭店里走去了，一直可以走进饭店的操作室，与师傅们打着招呼，一碗素面钱能吃到一碗红烧肉。等抹着油光光的嘴出来的时候，身后便有三四人跟着，那是饭店师傅们介绍搭车的熟人。

旅人们下了车，有的已经呕吐，弄脏了车帮，自个去河边提水来洗。这多是些上年纪的女人，最闻不惯汽油味，一直拿手巾搭了鼻子嘴儿，肚子里已经吐得一干二净，但食欲不开，然后蹲在那里，做短暂的休息。一般旅人，大都一下车就有些站不稳了，在阳光地里，使劲地跺脚，使劲地搓手。那些时兴女子，一出站门，看着面前的山，眉头就挽上了疙瘩，但立即就得意起来了，因为她们的鲜艳，立即成了所有人注目的对象。她们便有节奏地迈着步子，或许拍一下呢子大衣，或许甩一下波浪般的披发，向每一个小摊贩前走去。小贩们忙怯怯地介绍货物，她们只是问："多少钱？""好吃吗？"但那小吃，她们说不卫生，只是贪那土特产：核桃，栗子，三角钱一斤，她们可以买一大提兜。末了，再抓一把放进去，卖主也不计较，因为她们是高贵的女子，买了他们的东西，也是给他们赏脸，也是再好不过的生意广告：瞧，那么贵气的人都买我的货呢！即使她们不多拿，他们也要给她们一些额外呢。

但是，别的买者却休想占他们的一点便宜。他们都不识字，算得极精，如果企图蒙他们，一下子买了那么多的东西，直追问："一共多少钱？多少钱？"他们是歪了头，一语不发，嘴唇抖抖的，然后就一扬脸说个数儿来，你就是用笔在纸上再演算一通，一分儿也不会差错。

人们买了小吃小物，就去食堂了。大楼饭店里只卖馍、菜和荤面。面很黑，但劲儿很大，在嘴里要长时间地嚼，肉却是大条子肉，白花花地令人生畏。城里人讲究吃瘦肉，便都去吃门外的私人饭菜了。

紧接着的是两家私人面铺，一家卖削面，大油揉和，油光光的闪亮，卖主站在锅前，挽了袖子，在光光的头上顶块白布，啪地将面团盘上去，便操起两把锃亮柳叶刀，在头上哗哗削起来：寒光闪闪，面片纷纷，一起落在滚汤的锅里。然后，碗筷叮当，调料齐备，面片捞上来，喊一声："不吃的不香！"另一家，却扯面，抓起面团，双手扯住，啪啪啪在案板上猛甩，那面着魔似的拉开，忽地又用手一挽，又啪啪直甩，如此几下，哗地一撒手，面条就丝一般，网状地分开在案上。旅人在城里吃惯了挂面，哪里见过这等面食，问时，卖主大声说道：

"细、薄、光；煎、酸、汪。"

细薄光者，说是面条的形，煎酸汪者，说是面条的味，吃者一时围住，供不应求。

那些时兴女子是不屑这边吃面条的，她们买了熟鸡蛋，坐在大楼饭店里买了馍夹着吃，但馍掰开来，却发现里边有个什么东西，一时反了胃，拿去和服务员论理：

“这馍里有虱子！”

“虱子？”

“就是虱子！”

“你想想，冬天里起面，酵子发不开，在炕上要用被子捂，能不跑进去一两个虱子？”

时兴女子们一时恶心，赶忙捂了口，也不要馍了，也不索退钱，唾着唾沫一路出去了。

面食铺里，还是围了一堆人，都吃得满头大汗，一边吃，一边夸着，一边问卖主：

“是祖传的？”

“当然啰。”

“卖了半辈子了？”

“半年吧。”

“半年？”

“可不！你是才到商州的吗？要不是新政策下来，我要卖面，寻着上批判会吗？那阵儿，你要吃吗，对不起，就去那楼里饭店里吃虱馍吧。”

“那饭店真糟糕，怎么会干出那事！”

“快啦，出不了一个月，他们就得关门了。”

“早早就应该关门！”

“那么容易？那都是公社、大队干部的儿子、儿媳、小舅子哩。”

卖主说着，便不说了，对着一个走过来的瘦个子人叫道：

“吃不？来一碗！”

那人说是去买油，晃了一下碗，却看着锅里的面条。但卖主终未给他吃，瘦个子走了。

“你只卖嘴，光说不盛。”旅人们说。

“知道吗？这是我们原先的队长大人，如今分了地，他甭想再整人了，在别人，理也懒得理呢。”

那瘦个子去远处的卖油老汉那儿，灌了半斤油，油倒在碗里，他却说油太贵，要降价，双方争吵起来，他便把油又倒回油篓，不买了。接着又去买一个老太婆的辣面子，称了一斤，倒在油碗里，却嚷道辣面子有假，掺的盐太多，不买了，倒回了辣面子。卖面食的这边看得清清楚楚，说：

“瞧，他这一手，回去刮刮碗，勺里一炒，油也有了，辣子也有了。”

“他怎么是这种吃小利的人？”

“懒惯了，如今当干部没滋润，但又不失口福，能不这样吗？”

旅人们便都哈哈笑起来了。

在黑龙口待了半小时，司机按了喇叭：车子要走了。旅人们都上了车，车上立时空间小起来，每人都舒展了身子，又大包小包买了东西，吵吵嚷嚷坐不下去，最后只好插木楔一般，脚手儿不能随便活动了。车正要发动，突然车站通知，前边打来电话，五十里外的麻街岭，风雪很大，路面塌方了几处，车不能走了，得在黑龙口过夜，消息传开，旅人们暗暗叫苦，才知道黑龙口并不是大平川的第一个镇子，而下边还要翻很高很高的麻街岭。

小商小贩们大都熄火收摊，准备回家去了，知道消息后，却欢呼雀跃，喜欢得跑来拉旅人：

“到我们家去住吧，一晚上六角钱，多便宜呢！”

旅人们却只往大楼旅社去，但那里住满了，只好被小商小贩们纠缠着，到一家家茅草屋去了。

住在公路边的人家里，情况没有多大出奇，住在山洼人家的旅人，却大觉新鲜了。从冰冻的河面上一步一步走过去，但无论如何，却上不到那门前的小路上去，冰冻成了玻璃板，一上去就滑倒了。那些穿高跟鞋的女子就呜呜地哭。平日傲得不许一个男子碰着，如今无奈，哭过一通，还是被这些粗脚大手的山民们扶着、背着上去，她们还要用手死死抠住他们的胳膊，一丝儿不肯放松。男性旅人们，则是无人背的，山民们会在旁边扯下一节葛条，在鞋底上系上几道。这果然趴滑，稳稳走上去了，于是他们才明白了上山时司机为什么要在轮胎上拴链条。

到了门前，家家都是有一道篱笆的，但不是城里人的那种细竹棍儿，或是泥杆儿，全是碗口粗的原木桩，一根一根，立栽着。一只狗呼地扑出来，汪汪大叫，主人喊一声，便安静下来，给你摇起尾巴。屋里暗极了，锅台、炕台，四堵墙壁，乌黑发亮。炕上的被窝里蠕蠕动的，爬下来了，原来是个年轻的媳妇，在炕上出黄豆芽菜。见客进门，忙将唾沫吐在手心，使劲抹那头上的乱发，接着就扫地，就拍打炕沿上的土，招呼着往羊皮褥子上让坐。

屋里并不暖和，主人就到后坡去，在雪窝里三扒两拉，拖出几节木头来，拿了一把老长的木把斧头，在门槛上劈起来。旅人大为可惜，说这木头可以做大立柜，做沙发架，主人只嘿嘿地笑，几下劈成碎片，在炕口前一个大坑里烧起来了。火很旺，屋里顿时热烘烘的，屋檐上的冰锥往下滴着水儿。

夜里睡在炕上，是六角钱，若再掏一元，可以包吃包喝，尽你享用。那火炕边，立即会煨上柿子酒，烤上拳头大的洋芋。一个时辰后，从火里刨出来，一剥开皮，一股喷鼻香味，吃上两口，便干得喉咙发噎，须主人捶一阵后背，千叮咛万叮咛慢慢来吃。吃毕洋芋，旅人们已经连连打嗝儿了，主人就取了碗来，盛满柿子酒让你。你一开始说不会喝，也就罢了，若接住了，喝了一碗，必要再喝二碗。柿子酒虽不暴烈，但一碗下肚，已是腹热脸红，要推托时，主人会变了脸，说你看不起他。喝了二碗，媳妇又来敬酒，她一碗，你一碗，你不能失了男子汉的脸面，喝下去了，你便醉了八成，舌头都有些硬了。

天黑了，主人会让旅人睡在炕上，媳妇会抱一床新被子，换了被头，换了枕巾。只说人家年轻夫妇要到另外的地方去睡了，但关了门，主人脱鞋上了炕，媳妇也脱鞋上了炕，只是主人睡在中间，做了界墙而已。刚睡下，或许炕头上的喇叭就响了，要么是叫主人去开分地包产会，要么是主人去开党员生活会，主人起来了，窸窸窣窣地穿衣服，末了把油灯点着。他要出门，旅人也醒了，赶忙就起来穿衣。主人说："睡你的，我开完会就回来。"旅人肯定要说出什么话来，主人用眼光制止了。

"你是学过习的？"主人要这么说。

"学过习的？"旅人疑惑不解。

主人便将一条扁担放在炕中间。旅人明白了，闭了眼睛睡觉。那灯耀得睡不着，媳妇不去吹，他也不敢动身去吹，灯光下，媳妇看着他，眼睛活得要说话。旅人就赶忙合上眼，但入不了梦，觉得身上有什么动，伸手一摸，肉肉的，忙丢进炕下的火坑，轻轻地“叭”了一声。一个钟头，炕热得有些烫，但不敢起身，只好翻来覆去，如烙烧饼一般。正难受着，主人回来了，看看炕上的扁担，看看旅人，就端了一碗凉水来让你喝。你喝了，他放心了你，拿了酒又让你喝，说你真是学过习的人。你若不喝，说你必是有对不起人的事，一顿好打，赶到门外，你那放在炕上的行李就休想再带走。重新睡下了，旅人还是烙得不行。主人会将一页木板垫在褥下，你就会睡得十分地舒服。但到黎明炕便要凉了，凉得像一块冰，需得起来穿了衣服再睡不可。

天亮起来，旅人便像亲人一样被招待了，你问那猪圈墙上，为什么画那么多白灰圈儿？他会告诉说，冬天狼多，夜里常来叼猪，但却最怕这白圈儿，夜里没有听到狼嗥吗？旅人说未听见，可能是睡得太死了。他就会又说，夜里出来解手，常会遇见这东西的，它会装着妇人的哭声呢。旅人听得直吐舌头，说冬天在这里投宿真不是轻松事，主人便又说，夏天的夜里那才怕人呢，半夜里，床下有吱吱声，一揭褥子，下边便有一条彩花蛇的。旅人吓得噤了声，主人却说：“没事，抓起来从窗口甩出去就是了。”接着嘿嘿一笑，好像随便得很。

如果雪还在下，如果前边的麻街岭路还没有修起，旅人们就要在这里多住几天了。那么，主人们就会领你夜里去放狐子药。天明去收药，或许，只能见到狐子的脚印，还有的是狐子竟将那用鸡皮包裹的烈性炸药轻轻用土埋了，但常常是会收获到被炸死的狐狸的。一起拿回来，将皮剥下，吃肉是没了问题，就是旅人看中了那狐皮，一阵讨价还价，生意也便做成了。

“你带有书吗?”

他们老是这么问。一旦知道你是带了书的人，就如何缠住你，要以狐皮换书，他们就会去叫来小弟小妹、儿子、女儿，翻你的书捆。孩子们最喜爱高考复习资料书，一换到手，就拿到火坑边入迷地读了。

清早起来随便往每个人家里走走，就会发现那晚辈的人和他们的父老不同：老一辈人爱土地，小一辈人最恋书。小的全不穿大裆裤，不扎裹腿，不剃光头，都一身咔叽，上衣口袋里插一支钢笔，早晚还要刷牙，一嘴的白沫。做父母的就要对旅人说：

“赶明日路通了，你们把这干净鬼也带去吧!”

说完，就做个谑笑，又说：

“刷刷就是了，那嘴里有屎吗?快去看你的书，只要好好学，我们养你一辈子也行，若做样子，就收拾了，帮我去卖些吃喝，一天也可赚四元五元哩!”

旅人已经和这里山民交上朋友了，什么话也就能说得来了。

“你们脚上的皮鞋走路不绊石头吗？”

“城里的路没有石头。”

“真好，半年都穿不烂哩。”

“能穿二三年的。你们也可以穿嘛。”

“怕脚带不动。赶明日到了县上，该买台收音机了。”

“你们口袋里真有钱哩。”

“有什么呀，只是手上活泛些了。”

说到这儿，他们就神秘起来，俯过身要问：

“你们在城里，离政策近，说说，这政策不会变了吧？”

“变不了啦！”

“真的？”

“真的！”

他们就唠叨起来，说这黑龙口是商州最贫困的地方，过了麻街岭，沿川下去，那里才叫富呢，麦里秋里收得好，副业也多，赚钱的门路多哩。

“我们这穷地方，还要好好干几年，要不你们城里人来，光笑话我们了。”

从山沟下来，路过冰冻的河，又会碰见那个捡粪的老汉了。谈开来，他说他是个孤老，在公路边修了四个厕所，专供旅人们用的。那粪池十天半月就满了，他便出售给各家，八分钱一担。光这一样收入，就够他花费了，老汉很乐观，和旅人谈得投机，见一媳妇抱了小孩过来，就把小孩撑在手上，让立楞楞，然后逗弄小孩的小牛牛，说：

“小子，好好长！爷爷这辈子是完了，就看你们了，噢！”

他乐滋滋笑着，逗弄着，惬意得像喝了一罐子醇美的酒，眼里是几分感慨，几分得意，又几分羡慕和嫉妒。有好事的旅人忙用照相机摄了这镜头，说要给这照片题名“希望”。

麻街岭的路终于修通了。旅人们坐车要离开了，头都伸出车窗，还是一眼一眼往后看着这黑龙口。

黑龙口就是怪，一来就觉得有味，一走就再也不能忘记。司机却说：

“要去商州，这才是一个门口儿，有趣的地方还在前边呢！”

莽岭一条沟

洛南和丹凤相接的地方，横亘着无尽的山岭，蜿蜿蜒蜒，成几百里地，有载土而出的，有负石而来的，负石的林木瘦耸，载土的林木肥茂；既是一座山的，木在山上土厚之处，便有千尺之松，在水边土薄之处，则数尺之蘖而已。大凡群山有势，众水有脉，四面八方的客山便一起向莽岭奔趋了。回抱处就见水流，走二十里、三十里，水边是有了一户两户人家。人家门前屋后，绿树细而高长，向着头顶上的天空拥挤，那极白净的炊烟也被拉直成一条细线。而在悬崖险峻处，树皆怪木，枝叶错综，使其沟壑隐而不见，白云又忽聚忽散，幽幽冥冥，如有了神差鬼使。山崖之间常会夹出流水，轰隆隆泻一道瀑布。潭下却寂寂寞寞，水草根泛出的水泡，浮起，破灭，全然无声无息。而路呢，忽儿爬上崖头，忽儿陷落沟底；如牛如虎的怪石仄仄卧卧，布满两旁；人走进去，逢草只看见一顶草帽在草梢浮动，遇石，轻脚轻手，也一片响声，蚂蚱如急雨一般在脚面飞溅。常常要走投无路了，又常常一步过去，却峰回路转，另一个境界。古书上讲：山深如海。真是越走越深不可测。如果是一个生人，从大平原上初来乍到，第一个印象是这里可以做一个绝好的流放地：即使罪犯不加管制，放其逃生，也终不会逃出这山的世界、林的世界。也不禁顿然失笑北京城、上海市整日呼叫人口暴溢，但没想将十个北京城，十个上海市的人一起放在这里，也充其量是个撒一把芝麻，不见踪影呢。

也就是这莽岭山脉，两个县可恰恰被它截然分开。看山的北面，每条沟里都有水，水流向北；山的南面，每条沟里也是有水，水流向南。水与水的发源地，几乎都是一个无息的泉眼，泉眼与泉眼，又几乎仅仅相距几十里，甚至几里，但是，流向北去，便作了黄河流域，流向南边，竟成了长江流域。如今两县之间的公路，要绕一个大大的“C”形，从洛南出永丰关，过大荆川，到黑龙口，翻麻街岭，经商县沿丹江而下，才到丹凤。两县靠得如此近，两县来往又如此远！但是，也该应了天设地造的古语，出奇的是就在莽岭主峰左四十里的地方，竟有一条沟接通了两县的隔阂。这条沟是那样地隐蔽，那样地神秘，至今别的地方的人一无所知，就是洛南、丹凤的人理会的也寥寥无几；只是莽岭两边的农民常去走动，但农民走动为着生计，并不想作书以示天下，以至后来渐渐地有人知道了，探险式的来往了，便称做是商洛的“胡志明小道”。

这条沟没有路牌，也从无有人丈量，里数由人嘴说，有说六十里的，有说八十里的，但人口是十分地准确：十六家。十六家分两县户口，但丹凤人住的有洛南的地，洛南人有耕的是丹凤的田。自古洛南人面黑，丹凤人脸红。他们是黑红黑红，一种强悍的颜色。从沟南口到沟北口，他们的语言始终吐字一致，但绝对是地地道道的南腔北调。或许山把他们包围得太厚了，林把他们掩蔽得太严了，他们几乎与外边世界隔绝了，只是到了“文化大革命”中，丹凤武斗，一派将一派赶出县境，从这里向洛南逃窜，山沟人才见到了一溜带串的人群，也只有到了“四人帮”粉碎后第二年，这里才有了电话，从山顶到河畔弯弯斜斜栽了电杆，而电线总是松松地下坠，站满无数的鸟儿。也就是从那时起，他们开始有人订了报纸，十五天后看着半个月的新闻。沟是太大太大了，路却是极窄极窄，常要涉水过河。水并不怎么深，但紧急得厉害，似乎已经不是水了，是一道铁流，外地人蹚过，即使不被冲倒，也少不了被流沙走石撞伤腿面，踢掉脚趾甲。十六户人家，你几乎不知他们都是住在哪里，偶尔转过山嘴，一个黑石崖缝里就长出一搂粗的老松来，使你瞠目结舌；老松之后，那突出而空悬的岩石下，突然就有了人家，房顶却是有前半边，没后半边，那半边就是石岩，屋地也一半是土，一半是凿入的石洞。推门进去，屋里黑阴阴的，或许点着油灯，或许没有，当屋一个偌大的火坑，劈柴架起，火光红红的，人影反映在墙上，忽大忽小，如跳动着鬼的舞蹈。主人一个大字形站在那里，体格健壮，眼睛生光，牙齿雪白，屋梁挂着的一吊一吊熏肉，不注意就碰着了头脑，这是他们表示富有的标志：一年宰杀几头肥猪，用烟火香料熏得焦黄，吃一块，割一块，春夏秋冬，荤腥不断。如果进屋就端坐火坑边，让烟就吃，让水就喝，他们便认做是看得起他们的朋友，敬他一尺，回敬一丈，自酿的酒就端上来，双手捧递。他们大都不善言辞，一脸憨厚诚实的笑容，问他们什么，就回答什么，声调高极，这是常年喊山的本领。末了最感兴趣的是听县上的、省上的，乃至国家的、世界的各种各样消息。可以断定，城镇卖老鼠药的天才的演说家到这里，一定要大受欢迎。听到顺心处，哈哈大笑，听到气愤处，叫娘骂老子；不知不觉，他们就要在火堆里烤熟小碗大的土豆，将皮剥了，塞在你手，食之，干面如栗，三口就得喝水，一个便可饱肚。

这十六户人家，一家离一家一二十里，但算起来，拐弯抹角都是些亲戚，谁也知道谁的爷的小名，谁也知道谁的媳妇是哪里的女儿。生存的需要，使他们结成血缘之网，生活之网。外地人不愿在这里安家，他们却也死不肯离开这块热土，如果翻开各家历史，他们有的至今还未去过县城，想象不出县城的街道是多么地宽，而走路脚抬得那么低，有的甚至还未走出过这条沟。娘将身子在土炕上的麦草里一生下，屋里的门槛上一条绳，就拴住了一个活泼泼的生命。稍稍长大，心性就野了，山上也去，林里也去，爬树捉雀，钻水摸鱼，如门前的崖上的野鹞子，一出壳就跑了、飞了，闯荡山的海、林的海了。长大成人，白天就在山坡上种地，夜里就抱着老婆在火炕上打鼾。地没有一块席大的平坦，牛不能转身，也立不住蹄脚，就是在山路上，每年也要滚死一两个老牛。河畔里年年刨地，不涨水，那便是要屙金就屙金，要尿银就尿银，一暴涨，就一场了了。广种薄收，是这里的特点。亩产有收到四百斤的高产，亩产也有收到仅十斤的籽种，但是，他们可以每人平均四十亩地，能收就收，不收作罢，反正他们相信，人的力气却是使不尽的，而且又不花钱。那坡坡涧涧，塄塄坎坎，有一抔土，就种一窝瓜，栽一株苗。即使一切都颗粒不收了，山上有的是赚钱的东西，割荆条，编笆席，砍毛竹，扎扫帚，挖药，放蜂，烧木炭，育木耳，卖核桃、柿饼、板栗、野桃、酸枣。只要一双腿好，担到山沟外的川道镇上，就有了粮，有了布，有了油盐调和。柴是出门就有，常常在门前的坡上赤手去扳那树杈、树根，脚手四条用上去，将身子憋足了劲，缩成一个疙瘩团块，似乎随时要忽地弹射而去，样子使人看了十分野蛮而又百分的优美。终年的劳累，使他们区别于别处人的是一副双肩都长出拳头大的死肉疙瘩，两只大手，硬茧如壳，抓棘拔草不用镰刀，腿肚子上的脉管精露，如盘绕了一堆蚯蚓。

川道人没有肯来居住的，但少不了进沟里砍柴，掮椽，采药，打猎。不为生计，不想进沟，进沟就必不空回。山路慢慢踩开了，附近川道的人，那些有急事的，贪图赶近路的，就开始从洛南到丹凤，从丹凤到洛南，过往这条沟了。即使和这条沟的人一样的身份，一样的地位，但只要不是这条沟的人，这条沟的人都要视之为比他们高出一等的角色。他们在山路上遇见了，就总要笑笑的，打老远停下来，又侧了身，让来人先过。山路上是不宜穿皮鞋的，布鞋也是不耐穿的，凡进山就要穿草鞋。但这已经是这里的习惯了：每一个人在半路上草鞋破了，换上新的，就将旧草鞋双双好生放在路边，后边的人走到这儿，草鞋或许也破了一只，就在前边人放下的草鞋里找一只较好的换上，即使实在不能穿了，也抽一条草绳儿可以修补脚上穿的，如果要换新的，又将旧的端端放在这里。这么一来，大凡走十里、二十里路，总会遇见路边有一批旧草鞋。共产主义虽然并没有实现，但人的善良在这里却保留、发展着美好的因素。以致使外地新来的人新奇、感叹之余，也被感染了，学习了，以此照办。

秋天里，山里是异常丰富的，到处都有着核桃、栗子、山梨、柿子，过路人经过，廉洁之人，大开眼界，更是坐怀不乱，而贪心营私之徒就禁不住诱惑，寸心大乱，干些偷偷摸摸勾当。主人家发觉了，却并不责骂，善眉善眼儿的，招呼进家去吃，不正经的人反倒不好意思再吃了，说千声万声谢谢。更叫绝的是，这条沟家家门前，石条上放着黑瓷罐子，白瓷粗碗，那罐子里的竹叶茶，尽喝包饱，分文不收。这几乎成了他们的家规，走山路的口渴舌燥，似乎这与他们有关，舍茶供水则是应尽的义务呢。假若遇着吃饭，也要筷子敲着碗沿让个没完没了。饥着渴着给一口，胜似饱着给一斗，过路人没有不记着他们的恩德的。付钱是不要的，递纸烟过去，又都说那棒棒货没劲，他们抽一种生烟叶子，老远对坐就可闻到那一股浓烈的呛味。但也正是身上有了这种味儿，平日上山干活，下沟钻林，疲倦了随地而睡，百样虫子也不敢近身。最乐意的，也是他们看做最体面的是临走时和过路人文明握手，他们手如铁钳，常使对方疼痛失声，他们则开心得哈哈大笑。万一过路人实在走不动了，只要出一元钱，他们可以把你抬出山去。那抬法古老而别出新意：两根木椽，中间用葛条织一个网兜；你躺上去，嘴脸看天，两人一前一后，上坡下坎，转弯翻山，一走一颤，一颤一软，抬者行走如飞，躺者便腾云驾雾。你不要觉得让人抬着太残酷了，而他们从沟里往外交售肥猪，也总是以此作工具。

走进沟四十里的地方，你会走到一个仙境般的去处，山势莫名其妙地形成一个漩涡状，一道小溪，鸣溅溅地响，溪上架一座石拱桥，不是半圆，倒是满月，桥头左一棵大柳，右一棵大柳，枝叶交错，如驻一片绿云，百鸟不见其影，却一片啁啾，似天乐从天而降。树下就有了三间房子，屋顶耸而四墙低，有罗马建筑的风味，里边住着一个老汉，六十二岁，一个老婆，五十九岁，无儿无女，却怀有绝超的接骨医术。老汉是沟里最大的名人，常常有人到这儿求医，门前上下的路面要比别处稍稍宽阔。没有病人了，采药归来，就坐在门前练起手功：将瓷碗砸成碎片儿和谷糠搅和装在一条口袋里，双手就探进去摸着，将碎瓷片捏成碗的全形，得空天天如此，年年如此，那一双手有了回天之奇功，腰酸腿疼的，一捏就好了，折膊断腿的，一捏也就接了，那些在别处接骨不好造成瘸跛的人来，老汉看一眼，冷冷的，只是让其背身儿在门前场地走动，走动着，老汉突然一个健步上去，朝那坏腿弯膊上猛踢一脚，或狠击一拳，那人冷丁不防，一声大叫，等拧过身来，忽觉腿也直了，膊也端了，才知道这是老汉的绝招疗法。医术高妙，费用却贱，有钱的掏几个，没钱的便作罢，“只好传个名就是了！”于是，百十里远近，干儿干女倒认了好几十。

但是，世上一切都是平均分配的，有了善就有了恶，有直树就有弯材；这沟里偏偏就野虫特多。夏秋之际，那花脚蚊虫成群成团追人叮血，若要大便，必须先放火烧起身旁茅草，只能在烟雾腾腾之中下蹲。蛇更是到处都见，行走手里不能断了木棍，见草丛就要磕打。野蜂又多，隐在树下，稍不留神惊动了，嗡嗡而来，须立即伏地不动，要是逃奔扑打，愈跑愈追，愈打愈多，立时蜇得面目全非。更可恶的是狼，常在夜里游荡，这一年竟不知从哪儿跑来两只灰色的老狼，凶残罕见，伤害了不少过往行人，接骨老汉也就在这一场狼事中死去了。

对于老汉的死，传说众多，最可靠的说是一个夜里，老两口在炕上睡下了，炕是用木柴火烧热的，因火过旺，炕烙得厉害，老两口卸了小卧房门垫在席下。席是竹篾子织的，天长日久，身子皮肉的磨蹭，汗液的浸蚀，烟火的熏燎，已经焦红光亮得如上了一层漆。刚刚重新睡好，就听见敲门声，声音又怪，像是用手在抓。问了几声，没有人答，隔窗一看，外边月光白花花的，竟有一只老狼半立着抓门，又刨门下土。老婆啊了一声就吓瘫了，老汉说："坏了，这正是那条恶物，今日是要我的命来了！"老婆就跪在炕上磕头作揖，求天保佑，老汉便隔窗对狼说："狼，你是吃我的吗？我是医生，一把老骨头，你要来吃我？真要吃，我也没办法，你不要挖门，我开门让你进来吧。"门开了，狼并不进来，只是嗥嗥地叫，老汉感到疑惑，说："你不是为了吃我，难道要我去治病不成？"狼顿时不叫了，头扬着直摇尾巴。老汉好生奇怪，又说："真是治病，你后退三步吧。"狼真的又后退了三步。老汉只好要跟狼去，老婆抱住不放，老汉流着泪说："这有什么办法？反正是一死，我就随它去了！"狼在前边走，他在后边走，狼还不时回头看看，他只好捏着两手汗脚高步低跟着。不知走了多少路，到了半山腰一个石洞前，那狼绕他转了一圈，就进了洞去，不一会儿引出另一条更老的狼来，一瘸一跛的，反身后退在他面前。他一低头，才发现这条狼的后腚上肿得面盆大一个脓包，水明明的，他战战兢兢不敢近前，两条狼就一起嗥叫，他捡起一节树枝，猛地向那脓包刺去，病狼惨叫一声，脓水喷了出来。他撒腿就跑，一口气到了山下，回头看时，狼却没有追他，失魂落魄回到家里，天已经快大亮了。

给狼看病的事一传开，没有人不起一身鸡皮疙瘩，又个个惊奇，说这野虫竟然会来请医，莫非成了狼精，这条沟怕从此永远遭殃了。却又更佩服起老汉的医术：“哈，连狼都请他看病哩！”但老汉却睡倒了三天，起来后性格大变，再不肯多说多笑，也从此看病不再收钱。但是，一个月后，狼又在一个夜里抓他的门了，他拿了菜刀，开门要和狼拼时，那狼却起身走了，那门口放着一堆小孩脖子上戴的银项圈、铜宝锁。他才明白这是狼吃了谁家的小孩，将这戴具叼来回报他的看病之恩了。老汉一时感到了自己的罪恶，对老婆说：“我学医是为人解灾去难的，而这恶狼不知伤害了多少性命，我却为它治病，我还算个什么医生呢?!”就疯跑起来，老婆去撵，他就在崖头跳下去死了。

这事是不是真实，反正这条沟里人都这么讲，老汉死的那几天，没有一个人不痛哭流涕。十六家人就联合起来组成猎队，日日夜夜在沟里追捕那两条老狼，三个月后终于打死了恶物，用狼油在老汉的坟前点了两大盆油灯，直点过五天五夜油尽灯熄。至今那老汉的坟前有一半间屋大的仄石为碑，上凿有老汉的高超医术和沉痛的教训。

沟里没了害人之物，过往行人就又多起来。十六户人家就又共同筹资修起山路，修了半年，方修出八里路，但他们有他们的韧性，下决心继续修下去，说：“这一辈人修不起，还有娃辈，娃辈不成，还有孙辈，人是绝不了根的，这条沟说不定还要修火车呢！”

桃 冲

从商洛进入关中，本来只有一条正道：过武关，涉五百里河川，仰观山高月小，俯察水落石出，在蓝田县的峪口里拐六六三十六个转角弯儿才挣脱而去。但是，谁也没有想到，就在西岳华山的脚下竟有了一条暗道，使这个保守如瓶的商洛从此开了后门：这就是由北而南的石门河了。天地永远平行，平行使它们天长地久，日月相随相附，日月使圆缺盈亏；河流肆流，总会交合，所以本来很伟大的、很有个性的河道水流，便大的纳了小的，浊的混了清的。这石门河原来是一流莹亮的玻璃，河底的一颗石子都藏不住，偏偏在一处叫尖角的地方，就与混浊不堪的洛河相遇了。清浊交汇，流量骤然增大，又偏偏右有石崖，左有石崖，相搏相激的水声就惊涛裂岸，爆发出极大的仇恨。先是一边清，一边浊，再是全然混混，那一尺多厚的白沫、枯枝、败叶、死猫臭狗，就浮在两边石崖根下，整日整夜，扑上来，又退下去，吃水线一层一层蚀在那崖壁上，软的东西就这么一天一天将硬的石崖咬得坑坑洼洼。而靠近水面的地方，暗洞就淘成了，水在里边酝酿、激荡，发出如瓮一样嗡嗡韵声。冬日，或天旱之夏，水落下去，那石洞就全然裸露，像一间一间房屋，沿河边过往的人，有雨在那里避淋，有日在那里歇凉。一到涨水，远近的人就站在石洞顶上突出的地方，将粗长麻绳一头系在身上，一头拴在石嘴，探身在那里捞取上游冲下来的原木、柴草，或者南瓜、红薯。此时节，女人是禁止到那里去的，男人皆脱个精光，一身上下的青泥，常常有粗大木料漂下来，有人就沉浮中流，骑在木料上向岸边划游。结果就有发了横财的，但也有从此再没有上岸的，使老婆、儿女沿岸奔跑哭号，将大量的纸钱、烧酒抛在水中。但是，到了初夏，或者秋末，水势大却平稳，上游七里地的地方，洛河面架有几十丈长的双木绑成的板桥，石门河则以石头支成六十多个的列石，“紧过列石慢过桥”，一般老人、妇女、孩子是不能胜任的，那下游就从这边石崖上到那边石崖上接一道铁丝，一只渡船就牵着铁丝悠悠往返。摆渡的是一个老汉，因此挣了好多零钱，当这一带人都还没有穿上凡立丁布的时候，老汉就第一个穿了，见风就飘，无风也颤；他的一个儿子，一个小女，甚至连那个红眼老婆，也都穿上了灯芯绒衣裤。并且没事一家人都到船上来，一边摆渡，一边将最稀罕的收音机放在船头，咿咿呀呀地唱。没有不热羡老汉的，“他怎么就这般好过呢?!”有人就有了嫉恨，盼望老汉某一日船突然破了，或许失脚掉在水里。

老汉是桃冲人，活该要发财。他身体很好，能吃能睡，还能喝酒。河里涨大水了，就收了船去，系在门前的一株弯身老桃树下，要么父子抬起来，一直停搁在台阶上。有人想趁大水将那缆绳砍断，或者推下去让水冲走，却毫无办法，因为老汉是住在桃冲的。

桃冲就在两河相汇处。这简直是个不可思议的地方，两水交合的中间竟夹出一个小小的两头尖的滩。滩四边很平，中间才突然隆起一个高地，周围用石头砌了，成一个平台。老汉的家就住在平台上。先是房屋并不多，三间“五檩四椽”明檐上厅，两边各两间茅草厦舍，门前是一个土场，堆一座两座麦草，蹲三个四个碌碡。后来就有了两户本家，借着老汉父辈的交情也搬住过来，横七竖八地也盖了些房，那场地就移在平台下的滩上。这台上台下，滩里滩外，都种植了桃花。三月天里，桃花开得夭夭的，房子便只能看出黑的瓦顶，到了桃花败的时候，红英坠落，河里就一道一溜红的花瓣兜着漩涡向下流去。环境如此美好，自然都是主人日月宽绰所致。而且到了后来，为了使这块地方常年有颜色，又在桃林中植了竹子。这方圆竹子是极稀少的，但在这里却极快繁衍开来，几年光景，一片碧绿，一片清韵，桃花也显得更红更艳得可爱了。

年年河里涨水，两岸的石崖洞口都全淹了，但从未有水淹过这滩，滩边也从不曾以石筑堰。最大程度，这水可以浸没了场地，但平台依然无事。两边捞木料、柴火的人，眼瞧着台上的人毫不费力地站在门前用长长的捞兜就可轻易收获，更是气得咒骂。于是到处都在传说：这滩是龙的脊背，水涨，滩也在涨。

但是，这滩上的人家毕竟和左岸的人家是一个生产队，他们要干活，就都要到左岸去或到右岸去。左岸的石崖下是一个村庄，房子依崖而筑，门前修一洼水田，前边用偌大的石头摞成滚水形大堤，堤上密密麻麻长满了柳树。因为水气的原因吧，这石崖是铁黑色的，这树也是铁黑色的，房屋四墙特高特高，又被更高更高的柳树罩了上空，日光少照，瓦就也成了铁黑色，上边落满了枯叶，地面常年水浸浸的潮湿，生出一种也是铁黑色的苔绒。铁黑色成了这里统一的调子，打远处看，几乎山、林、房不可分辨，只感觉那浓浓的一团铁黑色的地方，就是村庄了。从村庄往下湾去，便是淤沙地，肥得插筷子都能出芽的土。村子里的人都孤立滩上的人，富使他们失去了人缘。在涨大水的时候，滩上人不得过去，村里分柴分菜，就没有他们的份儿。滩上人也不计较，反倒穿着清楚，说话口大气粗，常常当着众人面掏烟袋，总要随便带出一角二角钱来，接着又那么随便地胡乱往口袋一塞。而村子里的人在桃熟时，夜夜有过来偷桃吃的，或许一到夏天，就来偷采嫩竹叶去熬茶。滩上人看见了，从不撵打，反倒还请进家去，尽饱去吃，只要求留下桃核，说积多砸仁，一斤可卖得五角多人民币呢。

右岸却比左岸峻峭多了，河边没有一溜可耕种的田，水势倒过去，那边河槽极低，平日不涨水也潭深数丈。遇到冬天，水清起来，将石片丢下去，并不立即下沉，如树叶一般，悠悠地旋，数分钟才悄然落底。太阳是从来照不到那里去的，水边的崖壁上就四季更换着苔衣。有一条路可到山顶，那里向阳处是一丛细高细高的散子柏，顶上着一朵小三角形叶冠，如无数根立直的长矛，再后，一片如卧牛一般的黑顽石，间隙处被开掘了种地，一户人家就住在那石后。这人家是属于另一个生产队的。滩上的人却与这户人家极好，桃熟了送桃，竹叶泡制了送茶。因为仄着这户人家往右斜去，便是山崖最陡的地方，稀稀落落长些如桩如柱的刺柏，半壁有一个石洞，洞内住满了成千上万的扑鸽，平日飞出来，旋风般地在崖前河上空起落，一片白影，满空哨音。那深潭的水面清风徐来，被日光一照，洞下的石壁上就浮幻出一片奇丽的光影，像云在翻滚，像海在涨潮，像万千银蛇在舞。滩上的人在午饭时，个个端了碗坐在门前往这边看，说是看电影。那扑鸽就整天绕着光影激动，后来发现，石洞里有几尺厚的扑鸽粪，滩上人就经山上人家同意，将绳系在山上树根，慢慢吊身下去，进洞扫粪，每年扫一次可得十三四筐哩。这肥料施给烟和辣子，收获极好，这又给滩上人家增加了一份不少的收入。摆渡老汉曾一次进洞，大胆地往深处走，出来说：洞大可容数百人，行进五十步后洞往下，视之莹光如瑶室，石壁间乳脂结长数尺，或如狮而踞，或如牛而卧，或如柱如塔，如栏杆，如葡萄挂，又有小如翎眼、薄如蝉翼的东西散布，像是飞霜在林木上。再往下，竟有了水池，水中石头皆软，捡出则坚，击之，皆成钟声。如此绝妙，逗人兴趣，但却再无一人敢缚绳进洞。

这黑石崖更有无比好处，表面铁黑，凿开却尽是石灰石，白得刺眼。老汉的儿子长大了，比老汉更精明，又多了一层文化，就第一个动手开石，私人在那里烧石灰：将石灰石和炭块一层隔一层垒起，外用土坯砌了，泥巴涂了，在下点火烧炼，一直烧七天八夜，泥巴干裂，扒掉土坯，即是白面一般的石灰了。石灰销路很广，两岸人争相来烧，从此那里就成了石灰窑场，一家接一家，日夜烟火不熄。大家都烧起来了，老汉一家却偃旗息鼓，只是加紧摆渡，从右到左运人，从左到右载灰。滩上人越发富了，左岸右岸的人的腰包也都鼓囊囊的了。

但是，这窑烧过一年，烟火就熄了，窑坑也坍了，老汉的渡船横在滩前的浅水里，水鸟在上边屙下一道一道的白屎，不久，老汉也悄悄在这桃冲消失了。

那是社教一开始，干部人人“下楼”，生产队的队长、会计都下台了，老汉成了走资本主义道路的尖子，鸡毛蒜皮一律算上，老汉一家要交出五千元的“黑钱”。结果，变卖了一切家具，又溜了四间厦子房上的瓦，一家就穷得干腿打得炕沿子响了。这个生产队家家没了来路钱，但心里倒还乐哉了：因为老汉垮了，一个令人起嫉妒火的角色从此没有了。要富都富，要穷都穷，这是他们的人生理想。老汉带着一家人就出了山，跑到远远的河南去落脚了。

十年过去了，十八年过去了，石门河和洛河依然流动，依然相汇，桃冲依然没有被水冲去。只是洛河上游建了好多电站、水库，河水渐渐小多了。那只小小的渡船，再也没有了。人们又在上走七里的地方恢复那长长的列石和长长的双木绑成的板桥。大胆的依然从上面经过，胆小的就又绕十里地去过那一条水泥大桥。人们再也不穿当年最时兴的凡立丁布了，全穿上了的确良和涤卡。桃冲的桃树花开花落，村里人不免想起了老汉一家，觉得那家是委屈了，后悔当时那么嫉恨人家，而怀念起老汉的精明和能干，说那船摆得好，费也收得不多。“现在的政策是用着老汉那种人了，他要活着不走，该是万元户，要上县城戴花领奖了呢！”

也就在这一日，老汉突然回来了，依然带着一个老婆，一个儿子，一个小女。当出现在河畔的时候，人们都惊喜了，一起围上去，叫着老汉的名字，但又万分惊讶：近二十年过去了，老汉竟还是当年的样子?！老汉说：他并不是那老汉，而是老汉的儿子。人们才真的发觉果然是老汉的儿子；儿子也长成老汉了！儿子再说，他的父亲早去世了，娘也死了三年，老两口临死都念叨桃冲是好地方，让儿子将来一定把他们的骨头带回去，埋在滩上。众人捧着儿子背上的红布包儿，里边是一口精制的匣子，装着老两口的碎骨，装着一对桃冲主人的鬼魂，热泪全流下来了。他们欢迎老汉的后辈回来，帮他们在桃冲修整了房舍，老汉就在门楣上贴了一副对联：

经去归来只因世事变泊

老安少怀共叙天伦之乐

儿子长着老子的模样，也有着老子的秉性，善眉善眼儿，却心底刚强，体力虽然不济了，却一定要造起一个渡船来，继承父亲的工作。儿子水中的功夫似乎比老子更高一着，不用铁丝，船只也可自由往来，不管刮风下雨，不论白日黑夜，这边岸上有人吆喝，船便开动了，汩汩地从桃花丛里推出船，一篙点地，船就箭一般嗖嗖而去。而且一张嘴十分诙谐，喜欢和晚一辈的小女子、俊媳妇戏说趣话，船上做伴的小女就拿眼瞪着，说："爹！……"做爹的倒更高兴，遇着好男孩子，总要说让这小男孩将来到桃冲招女婿，小子就羞得脸红，拿水撩他。

儿子的儿子，又是一个当年老汉的儿子，一身的疙瘩肉，就整日整夜在左边岸上放炮开石，挖窑烧灰。到了初冬，小伙就特别喜欢捕鱼，将竹子砍下来，解起竹筏，涉水中流，又倚崖傍石挂网，又常常没进水里，捕上一筐一筐鱼来，当地人是不大吃鱼的，就卖给县城机关去，八角钱一斤，一次可获六七十元。落雪时节，河边结了冰，就凿冰垂钓，赤脚踩水，冻得嘴脸乌青，口不能言，就在石崖下生火取暖，但又不敢近火边，唯恐寒气入腹。老娘和小媳妇都叫他不要干这种营生，他只是笑笑：倒不是为钱，却为着乐趣。

那做娘的和小媳妇，全是河南人。河南的地方产白麻，她们都是种白麻的能手，就在桃冲滩移植，果然丰收。一时两岸人就兴起种白麻，一到冬日，河滩就挖出大大小小的浅坑沤麻。常常又哼河南坠子，两岸人都叫着好听，那河南的土话就人人都能说出三四句了。

日子一天天又富起来。人人都富，所有的人心就齐了：谁也不嫉恨桃冲的人，桃冲的人家又大种桃花和青竹。五月时节，这平台上就又只能看得见黑色的瓦顶了，一到黄昏，人们歇息的时候，那里石崖上的扑鸽又旋风似的在河面上空飞动，石壁上的离离奇奇的光影又演起来，桃冲滩上的人就都瞧着好看。摆渡的老汉却悠闲了，就在水边的桃花林里，舟船自横，他坐在那里戴着硬式石头镜看起书来。他看的是陶渊明的诗：

采菊东篱下，
悠然见南山。

一抬头，就看见河对面的石崖下，石灰窑的烟雾正袅袅而上，日光照在水面，又反映过去，烟雾却再也不是白的、灰的，却成了一种淡淡的综合色，他眼睛不好，终没有分辨出那里边是有红的，还是有蓝的，白的，黄的？

一对情人

一出列湾村就开始过丹江河，一过河也就进山了。谁也没有想到这里竟是进口；丹江河拐进这个湾后，南岸尽是齐楞楞的黑石崖，如果距离这个地方偏左，或者偏右，就永远不得发现了。本来是一面完整的石壁，突然裂出一个缝来；我总疑心这是山的暗道机关，随时会砰然一声合起来。从右边石壁人工凿出的二十三阶石级走上去，一步一个回响，到了石缝里，才看见缝中的路就是一座石拱桥面，依缝而曲，一曲之处便见下面水流得湍急，水声轰轰回荡，觉得桥也在悠悠晃动了。向里看去，那河边的乱石窝里，有三个男人在那里烧火，柴是从身后田地里抱来的包谷秆吧，火燃得很旺，三个人一边围火吃烟，一边叫喊着什么，声音全听不见，只有嘴在一张一合，开始在石头上使劲磕烟锅了，磕下去，无声，抬上来了，“叭”地一下。

走出了石缝，那个轰轰的世界也就留在了身后，我慢慢恢复了知觉，看见河两边的白冰开始不断塌落，发出细微的嚓嚓声，中流并不是雪的浪花，而绿得新嫩，如几十层叠放在一起的玻璃的颜色。三个人分明是在吵嚷了，一个提出赶路，另一个就开始骂，好像这一切都是在友善的气氛中进行，只有这野蛮的辱骂、作践，甚至拧耳朵、搡拳头才是一种爱的表示。

“看把你急死了！二十八年都熬过来了，就等不及了？”一个又骂起来了。“她在她娘家好生生给你长着，你罕心的东西，发不了霉的，也不会别人抢着去吃了！馍不吃在笼里放着，你慌着哪个？”

另一个就脚踏手拍地笑，嘴里的烟袋杆子上，直往下滴流着口水。火对面的一个光头年轻的便憨乎乎地笑，说：“她爹厉害哩，半年了，还不让我到他们家去。”

“你不是已经有了三百元了吗？”

“三百五十三元了，”光头说，“人家要一千二，分文不少！”

“这老狗！遇着我就得放他的黑血了！你掮了一个月的椽，才三百元，要凑够一千二，那到什么时候？等那女的得你手了，你还有力气爬得上去吗？我们都是过来的人，你干脆这次进山，路过那儿，争取和她见见，先把那事干了再说！一干就牢靠了，她死了心，是一顿臭屎也得吃，等生米做了熟饭，那老狗还能不肯？”

光头直是摇头。两个男人就笑得更疯，一个说：“没彩，没彩，没尝过甜头呢！”一个说：“傻兄弟，别末了落个什么也没有！”光头一抬脸儿瞧见我了，低声说：“尻子嘴儿没正经，别让人家听见了！”

我笑笑地走过去，给他们三人打了招呼，弯腰就火点烟时，那光头用手捏起一个火炭蛋，一边吸溜着口舌，一边不断在两个手中倒换，末了，极快地按在我的烟袋锅里。我抽着了，说声“祝你走运！”他们疑惑地看着我，随即便向我眨眼，却并不同我走。在等我走过河上的一段列石，往一个山嘴后去的时候，回头一看，那三个男人还在那里吃烟。

转过山嘴，这沟里的场面却豁然大了起来。两山之间，相距几乎有二里地，又一溜趟平。人家虽然不多，但每一个山嘴窝里，就有了一户庄院，门前都是一丛竹，青里泛黄，疏疏落落直往上长，长过屋顶，就四边分散开来，如撑着一柄大伞。房子不像是川道人家习惯的硬四川式的屋架，明檐特别宽，有六根柱子露出，沿明柱上下扎有三道檐簸，上边架有红薯干片，柿子，包谷棒子，山墙开有两个“吉”字假窗，下挂一串一串的烤烟叶子，辣椒辫儿。门前有篱笆，路就顺着一块一块麦田石堰绕下来，到了河滩。河水很宽，也很浅，看着倒不是水走而是沙流，毛柳梢，野芦苇，一律枯黑，变得僵硬，在风中铮泠泠颤响。我逆河而上，沙净无泥，湿漉漉的却一星半点不粘鞋。山越走越深，不知已经走了多少里，中午时分，到了一个蛋儿窝村子。

说是村子，也不过五户人家，集中在河滩中的一个高石台上。台前一家，台后一家，台上三家。台子最高处有一个大石头，上有一个小小的土地神庙，庙后一棵弯腰古柏。我走去讨了吃喝，山里人十分好客；这是一个老头，一尺多长的白胡子，正在火塘口熬茶，熬得一个时辰，倒给我喝，苦涩不能下咽。老头就皱着眉，接着哈哈大笑，给我烫自家做的柿子烧酒。一碗下肚，十分可口，连喝三碗，便脖硬腿软起来，站起身要给老者回敬，竟从椅子上溜下桌底，就再也不省人事了。

一觉醒来，已是第二天早上，老者说我酒量不大，睡头倒好，便又做了一顿面条。面条在碗里捞得老高，吃到碗底，下面竟是白花花的肥肉条子！我大发感慨，说山里人真正实在，老者就笑了："这条沟里，随便到哪家去，包你饿不了肚子！只是不会做，沟垴驼子老五家的闺女做的才真算得上滋味，可惜那女子就托生在那不死的家里！"我问怎么啦？老者说："他吃人千千万，人吃他万不能，一辈子交不过！今年八月十五一场病只说该死了，没想又活了……甭说了，家丑不可外扬的。"我哈哈一笑，对话也便终止，吃罢饭继续往深山走。中午赶到山垴，前日所见的那三个男人有两个正好也在河边。身边放着三根檩木，每根至少有一百五六十斤，两个男人从怀里掏出一手帕冷米饭，用两个树棍儿扒着往口里填，吃过一阵，就趴在河里喝一气水。见了我，认出来了，用树棍儿筷子指着饭让我。

"那个光头呢？"我问了一句。两个男人就嘻嘻哈哈地笑，用眼睛直瞅着左身后的山洼洼眨眼。

我坐下来和两个男人吃烟，他们才说："光头去会那女子了。"他们昨日上来，三个人就趴在这里大声吹口哨，口哨声很高，学着黄鹂子叫，学着夜猫子叫。这叫声是女子和光头订的约会暗号。果然女子就从山根下的家里出来，一见面哭哭啼啼，说她爹横竖为难，一千二百元看来是不能少的，商定今日从山梁那边掮了木头回来再具体谈谈。今天下来，女子早早就在这里等着。现在他们放哨，一对情人正在山洼洼后边哩。

我觉得十分有趣，也就等着一对情人出来看看结果。这两个男人吃足喝饱了，躺在石头上歇了一气，就不耐烦了，一声声又吹起口哨，后来就学着狼嗥，如小孩哭一样。果然，那山洼洼后就跑来了光头，一脸的高兴。一个男人就骂道："你好受活！把我们就搁在这儿冷着？！"光头说："我也冷呀！"那男人就又骂道："放你娘的屁，谈恋爱还知道冷？"另一个就问："干了吧？你小子不枉活一场人了！"光头又摇头又摆手，两个男人不信，光头便指天咒地发誓，说他要真干了，上山滚坡，过河溺水。一个男人就叫道："你哄了鬼去！我什么没经过，瞧你头发乱成鸡窝，满脸热汗，你是不是还要发誓：谁干了让谁在糖罐里甜死，在棉花堆上碰死，在头发丝上吊死！？"

光头一气之下就趴在河边喝水，叽哽叽哽喝了一通，站起来说："现在信了吧？！"

两个男人便没劲了，光头却从怀里掏出一包红布卷儿，打开说："女子和我一个心的，和她爹吵了三天了，她爹直骂她是‘找汉子找急了！’要当着她在担子上吊肉帘子。她只好依了他，说定一千二分文不少，但她就偷了她爹一百元，又将家里一个铜香炉卖了一百元，又挖药赚了一百元，全交给我啦！”

两个男人“啊”的一声就发呆了，眼红起来，几乎又生了嫉妒，将光头打倒在地上说：“你小子丑人怪样子，倒有这份福分！那女子算是瞎了眼了，给了钱，倒没得到热火，把钱撂到烂泥坑了！”

光头收拾了布包，在衬衣兜里装了，用别针又别了，说这别针也是那女子一块带来的。“我抱了一下，亲了一口哩。”

“好啊，你这不正经的狂小子！你怎么就敢大天白日在野地里亲了人家？那女子要是反感起来，以为你是个流氓坯子，那事情不是要吹了吗？人家亲了你吗？”

“亲了，没亲在嘴上，你们吹了口哨，我一惊，她亲在这里。”光头摸着下巴。

后来，三个男人又说闹了一通，就想掮檩木出发了。他们都穿着草鞋，鞋里边塞满了包谷胡子，套着粗布白袜子，三尺长的裹腿紧紧地在膝盖以下扎着人字形。天很冷，却全把棉衣脱了，斜搭在肩上，那檩木扛在右肩，右手便将一根木棒一头放在左肩，一头撬起檩木，小步溜丢地从河面一排列石上跳过。

就在这个时候，对面山梁上一个人旋风似的跑下来，那光头先停下，接着就丢下檩木跑过去。我们都站在这边远远看着。过一会儿，光头跑来了，两个男人问又是怎么啦？光头倒骂了一句：“没甚事的，她在山上看着咱们走，却在那里摘了一个干木胡梨儿，这瓜女子，我哪儿倒稀罕吃了这个?!”两个男人说：“你才瓜哩！你要不稀罕吃了，让我们吃！”那光头忙将木胡梨儿丢在口里就咬，噎得直伸脖子。

这天下午，我并没有立即到山梁那边去，却拐脚到山根下的那人家去。这是三间房子，两边盖有牛棚、猪圈、狗窝、鸡架，房后是一片梢林，密密麻麻长满了栲树，霜叶红得火辣辣的。院子里横七竖八堆着树干、树枝，上屋门掩着，推开了，烟熏得四堵墙黑乎乎一片，三间房一间是隔了两个小屋，一间是盘了一个大锅台，一间空荡荡的，正面安一张八仙大桌，土漆油得能照出人影，后边的一排三丈长的大板柜上，摆满了大大小小瓦盆瓦罐，各贴着“日进百斗”“黄金万两”的红字条。

“有人吗?”我开始发问，大声咳嗽了一声。

西边的前小屋里一阵阵窸窸窣窣响，走出个人来，六十岁的光景，腰弓得如马虾，人干瘦，显得一副特大的鼻子，鼻翼两边都有着烟黑，右手拄着一根拐杖。让我坐下，便把那拐杖的小头擦擦，递过来，我才看清是一杆长烟袋。我突然记得蛋儿窝那老者的话，这莫非就是那个驼背老五吗？我后悔偏就到了他家，这吃喝怕就要为难了。我便故意提出买些饭吃，他果然讷讷了许久，说家里人不在，他手脚不灵活，又说山里人不卫生，饭做得少盐没调和的，但后来，还是进了小屋去，站在炕上，将楼板上吊的柿串儿摘下三个柿子端出。这柿子半干半软，下坠得如牛蛋，上边烟火熏得发黑，他用手摸摸灰土，说："这柿子好生甜哩！冬天里，我们一到晚上吃几个，就算一顿饭了呢！"

我问："家里就你一个人吗？"

"还有个女子。"

"听说面条做得最好？"

"你知道？你怎么知道了？你一定知道她的坏名声了！这丢了先人的女子，坏名声传得这么远啊，咳咳，女大不中留，实在不能留啊！"

这驼背竟莫名其妙地骂起女儿来，使我十分尴尬。正不知怎么说，门口光线一暗，进来一个女子，却比老汉高出一半，脸子白白的，眼睛大得要占了脸三分之一的面积，穿一身浅花小袄，腰卡得细细的，胸部那么高……我从来没见过这么出脱的女子！

"爹，你又嚼我什么牙根了?！我到山上砍柴去了！"那女子说着，就拿眼睛大胆地盯我。我立即认出这女子就是和光头好的那个，刚才没有看清眉脸，但身段儿是一点不会错的。

“砍柴？不怕把你魂丢在山上？一天到黑不沾家，我让狼吃了，你也不知道哩！我在匣子里的钱怎么没有了？”

我替那女子捏了一把汗。那女子却倒动了火：“你问我吗？我怎么知道？你一辈子把钱看得那么重，钱比你女子还金贵，你问我，是我偷了不成！”

老汉不言语了，又嚷道山里老鼠多，是不是老鼠拉走了？又怀疑自己记错了地方。直气得用长烟袋在门框上叩得笃笃响。那女子开始要给我做饭，出门下台阶的时候，我发现她极快地笑了一声。

饭后我要往山梁那边去，那女子一直送我到了河边。我说：“冬天的山上还有木胡梨吗？”

“不多见到。”她说，立即就又盯住了我，脸色通红，我忙装出一切不理会，转别了脸儿。

在山梁后的镇上干完了我的事，转回来，已经是第五天了。我又顺脚往驼背老五家去，但屋里没有见到那女子，老汉卧在一堆柴草中，鼻涕一把泪一把地哭。好容易问清了，才知老汉后来终于想起那笔钱就是装在匣子里，老鼠是不会叼的，便质问女儿。女儿熬不过，如实说了，老汉将女儿打了一顿，关在柴火房里，又上了锁。等到第三天，那光头又掮木头走到河边，向这里打口哨，那女子就踢断后窗跑了。老汉追到河边，将那光头臭骂了一顿，说现在就是拿出十万黄金也不肯把女儿嫁给他了。女子大哭，他又举木棍就打，那光头的两个同伴男人扑过来，一个夺棍，一个抱腰，让光头和女儿一块逃走了。

商州再录

金　洞

丹江边一条路，一直逆着走，走两天，就可到板桥。温庭筠的“人迹板桥霜”，就言此地。这地方是个川道，真造化得好。江边的山本来是相对着奔马一样地上来，于这里马儿缓行，徘徊似的，山一束，接着一放，再一束，再一放，江水就为之扭动，形成冰糖葫芦的结构。山好这还罢了，更妙的还是这里的空气。正因为山束束放放，把这里世界分为无数的小的天地，山那边的狂风是吹不过来，山这边的水的潮湿也不会飘散殆尽。四季不生蚊子。善长一种怪柏，叶为珍珠状，通体形似孔雀，散发出微微的柏油清香。早晚觉得鼻口受活，皮肤也受活，空气好到了你不感觉了它的存在，不知道了它的好。

因此，什么花草都长，长大就开始结子，花是艳乍得如妖神精变。几乎任何一只鸟儿，叼着任何一粒种子，落在任何地方，不多时间就会有一点绿出来。江边两岸陡峭峭的石壁，是一张囫囵囵的平面，却不免要生出种草的，且嫩得不可用手去掐，掐之则飞溅一摊绿水，再不留半点形骸，单听听草的名字：石蹦莲，便想得出是何等的仙品了。山顶上，坡道上，除了孔雀柏外，只生三种树：桦，冬青和杜仲，全是清奇可爱之物。杜仲虽然不多，但凡出现，皆个个受人保护，当地人视其为治病木，砍柴割草，突然不慎扭伤了腰，翻山过涧，突然闪失跌肿了腿，只要靠在树干上吃一顿时烟，或是打个盹，起来浮肿消退，筋骨复原，一切又好了。

还有一件值得夸口的是板桥的土，要让全商州的人眼馋。土里含沙，沙色呈黄，所有田地踏上去，感觉是软软的，鞋底却干净无粘连。从地畔上，坡面上，细细看去，那并不是青石的构造，而是黄沙和五色卵石，孩子们常常会从中发现一些树枝、树叶、贝壳，甚至是鱼，形象逼真，敲之铿锵，成为化石了。遥想远古，这里该是一个深海或湖泊。但这沙石质的地层，并不是武断中的松散无力，它们的立身极好，坡根下，沟道里，常常出现一些洞穴，谁也不知道那是天工的还是人工的。洞壁上生满一层茵茵的绒苔，手摸之则平，放手又还原如故，往着幽幽的洞内喊一声，嗡嗡有韵，如在瓮中，袅袅余音可于洞里一天不散。

这么好的地方，正是生命适应的环境，于是，有兰草长出，荆棘也长出，往往兰草丛里长出荆棘，或荆棘丛中长出兰草。孔雀柏、白桦，成了栋梁，那葛条也必绕树而上，随树尖而张扬。人在这里居住了，狼也到这里居住，人住在川道，狼住在沟岔，人住在山下，狼住在山垴，两厢提防，两物相害。从多少多少年以来，狼始终想吃完人和人的牛、羊、猪、兔，人始终想剥尽狼的每一张皮子。但是，相互皆不能如愿。愈是处于一种不安全境地，愈是大力繁衍后代，这种结果则导致了这块土地上的永恒的生态平衡。

人们一直在说，这山里是有一只大母狼的，眼如铜铃，嘴似血瓢，尾巴像扫帚一样粗、一样长，全身的皮毛都发亮了。但亲眼看到的人却极少。相传十年前，张家的老二出外打猎，在江对岸的洼里和这母狼遭遇，一枪打去，那恶物却顺枪子扑来，将他逼在一个大石之下。欲进不能，欲退不能，这老二凭了一股血气，就地一滚，从母狼胯下蹿过。母狼回转身来，张了血口来咬，他慌乱中双拳一顶，恰在母狼口中。只说这下完了，没想那拳顶住了母狼喉咙，使它张嘴不能合闭，喘气艰难。这么，人拼足力气往里顶拳，狼拼足力气要将手腕咬断，进行着一种力的相持。双方皆没有响动，大眼瞪着小眼，足足一袋烟功夫。后来，张家老二力气不济了，那母狼往后一退，他跌倒了，立即昏厥中丢掉了双拳，昏厥中被母狼撕成了数块。当人们发现他的时候，母狼已经离去，那地上的狼蹄印大如小儿木碗。

人们以为此狼是成了精了，打不过它，就祈求神灵。猎户家迷信的老太太，在儿孙们进山打狼去的头天晚上，就要整夜在中堂点燃一盏油灯。这油灯如果一夜不灭也就罢了，若突然无风而熄，则横竖不让第二天出猎。

猎人们为消灭这只母狼，想尽了一切办法：挖过陷阱，埋过鸡皮炸药。但抓到的、炸死的，只是那些小狼。老狼还是不肯闪面。狼群日益凶残，常常夜里进村，蹿入猪圈，将那一百二三十斤重的肥猪拉走。肥猪一见狼吓得一声不吭，狼就会用嘴咬了猪尾，支起前爪，作人的行走，而又用自己长长的尾巴作鞭吆赶。叼羊，羊虽然胆小，但百般哀求，其声凄厉。人们便会从梦中醒来，将乌黑的枪头从窗格里伸出。但狼更是精明，大凡羊一叫唤，一下子就咬断羊的脖子。它们吃猪要吃活猪，吃羊则死肉亦可，拉出棚去，就坐在屋后什么地方吃，偏留下羊的一个永不瞑目的脑袋，两只蹄子，再叼到人的门前，然后嗥叫地唱着而去。使人感到痛心，也感到羞耻，自尊心和贪财心极强的人因此而吐血身亡。

狼整治着人，人也想整治着狼。从遭难的猪圈羊棚里的蹄印判断，那只母狼出动了，他们就在村口的一家屋后，挖下一个大坑，上边盖一个磨扇，人就夜夜抱着小羊蹴在下边，逗得羊发出叫声。果然这一夜，那母狼来了，听见羊叫，就使劲刨那磨扇上的乱草，发觉了磨扇上的磨眼，便将前爪伸了进去。在下的人见狼已中计，立即用双手抓住那狼前爪，大声疾呼。众人就赶来一阵无情棒打。母狼毕竟是母狼，疼痛中猛地将前爪拔出，冲出人的包围，落荒而逃了。看那磨扇下的人时，脑袋在爪子拔去之时撞在磨扇上，人已昏迷，但手里却还死死抓着狼的一只爪的毛皮。第二天，看见那陷阱的磨扇上留有一道三尺长的黑色的狼的稀粪。

母狼虽然没有捉住，但人们已经看见它是老了，皮毛不是焦黄，而是黄灰，那前爪脱了毛皮，又受了一场惊，谅它也不会活到多久。村人便开了一次庆功会，家家将酿就的包谷酒端出来，喝得酩酊大醉。

那母狼果然再没有下山露面，母狼的徒子徒孙也安静了许多日子。板桥地面，似乎是太平天下了。

但山坳沟岔的狼并没有罢休。母狼残废了，当产下又一窝狼崽就倒下死了。狼是从来不让人看见自己的尸体的，它们最好的埋葬地点是儿女们的肚腹。很快，母狼就被分尸，连一块肉也没有留下。吃饱了自己母亲肉的狼群又一次下山了。它们并不是向这个地方的人发动残酷的报复，而是要迁移到山的深处去，临走时做了一件人们意想不到的事。

有一只狼来到村边的河滩。这正是一天黄昏，太阳欲落未落，满天红霞烧起。狼远远看见草地上有一个女人，咿咿呀呀唱着挖野菜，便从荒草中悄没声地爬过去。那女人并没有发觉，眼光被一丛猪耳朵菜吸引，才弯下腰去，狼从后边将她压倒了。女人就喘着气笑说："死鬼，光天化日的，孩子会看见的！"狼不懂她说的什么，咬住了肩膀就往回拉。这女人十分年轻，肌肤光润，奶子丰满，回头看时，"啊"的一声，浑身顿时酥软。但这女人毕竟又清醒过来，待狼拉她十步远外，伸手就要折近旁的一株树枝来打，手一抱住树身，狼就拉不动了。女人折不下树枝，越发抱了树身不放，人狼就在那里搏斗着。突然间，草地边上飞一般地跑来女人的小儿。他是同母亲一块出来的，只贪图了掏一个地老鼠洞，回头来叫娘，发现无人，跑来见娘正被狼咬住。娘喊："我儿快跑！"儿不知狼的厉害，无知亦就无畏，当下并未跑走，倒双手拽住狼的尾巴，说："放开我娘，放开我娘！"狼回过头来，见是一个小人，果然就放开咬女人的口，却反身一口叼住小儿的腰，四蹄急如雨点般地走了。

这突变使女人完全呆了；眼睁睁看着狼跑走，小儿大哭大叫，她爬起身前去追赶。那狼也时不时扭头看看，将小儿放下了，因为小儿的挣扎，使它失去平衡，累得鼻孔喷气，需要停下来换换口，再轻轻叼住后胯，转过山湾，不见了。

此事震撼了整个板桥，全村人出去寻找孩子。一无所获，以为孩子已被狼囫囵吞下，回来就万般安慰女人，用泥作了孩子的模样，入棺埋葬了。埋葬那天，全村起了哭声。

一场风雨，小儿坟丘虚土瓷实，烧过纸灰被水冲去，飘落的剪得外圆中方的阴纸印在土里，搭梦草生出来，茅刺草生出来，娘哭坟插在那里的柳树枝也转死为生，长出嫩芽叶了。但是，这小儿并没有死！当他清醒过来的时候，已是夜晚，他看见了无数的灯，绿幽幽的闪光。后来愣愣看清了，原来他是躺在一座很大的山洞里，他的周围，或立或卧着十二条狼，那灯就是狼的眼睛。他吓得哇地哭了。一只狼，就是叼他来的那只狼，走过来，用嘴咬起他的手，又咬咬他的肚子，却全不疼，像是要给他说话似的，便将一只小得如小狗的狼崽叼放在他的面前。狼崽在他的衣服下乱拱，用冰凉的舌头在他的肚子上乱舔。小儿虽是年幼，但人事还稍知道一些，见这狼群并不吃他，而狼崽如此乱舔，知道一定是要吃奶了。可他哪儿有奶呢？狼崽舔了一会儿，就走开去，嚎嚎地叫。所有的狼都围过来，用头挤他，用尾巴扫他，然后洞里一切都安静了。随之，他听到了一种金属的脆响，“叮铃！”“叮铃！”似乎就在身后，伸手去摸，一颗大大的水珠就掉下来，小儿明白这是洞壁在渗水呢。他挪着身子，黑暗里张口接着那水，慢慢看见洞口有了月光。月光下，五只狼一排儿卧在那里，喉咙里咕咕地发着响声，像是在忧愁地叙叨着什么，又像是在打鼾。小儿站起来，慢慢地向洞口走，洞口立即亮了几只绿灯。他说：“你们要找个喂奶的吗？我没有奶，我要回去！”但一声可怕的吼声，他就吓得又一次昏倒过去了。

第二天，小儿发现洞里的狼少了许多，但洞口仍卧有一只，一见他走动，就龇牙咧嘴地发恨声，他就动也不敢动了。狼崽醒了，顽皮地跑来跑去，似乎要逗他耍玩，但过一阵就呜呜地叫。又是天黑了，所有的狼全都回来了。它们背来了一只奶羊，奶羊很瘦，奶子却极大，几乎挨住了地面，不住地哀叫，又跪下来，将两个前蹄一屈一屈，行作揖状。那狼崽立即近去就噙住了它的奶子，发出咕儿咕儿的吸吮声。狼崽吃饱了，安然地蜷作一团睡着了。小儿竟也大胆地前去抱了羊奶来吮，狼看着，并没有威胁他。

这只奶羊，就一直供养了他们五天。第六天里，奶羊卧倒了，声声叫唤不已。看守的狼就把它放出去，让它在洞口外吃草。但奶羊不敢跑，吃饱了草，又乖乖地走回来。小儿便试图着在一次奶羊出外吃草的时候，也走了出来。他眼睛已不宜在阳光下睁开了，疼得如针在扎，使劲地哭着叫娘。半天后看清了地方，这原来是在一条很深很旷的沟里，到处长满了梢林和荆棘。他于是产生了逃跑的念头，就从一架刺梅丛后猫腰跑去了。但是，当他停下来喘气，一抬头，就在他的面前，坐着一只狼，正用一双静静的眼光看他，立即他又一次被叼起来，轻轻放在洞里了。

小儿再也不可能走出这石洞了，他伴随着这群狼和瘦得骨架似的奶羊，不知在此过去了多少日月。他夜夜做梦，都是回到了板桥村子，回到了家里，爹娘怎样把他架在脖子上一边走一边剥着栗子喂他，他有一只糊得好看的风筝还挂在门前的杜仲树上，不知娘是否给他取下来。他夜里做梦，白日里坐着也做，醒来就哭，可永远没人到这条沟里来，也永远没有人到这洞里来。白天差不多狼都在洞里，天一黑，它们留下一只两只，其余就出去了。它们到什么地方去，去干了什么，他是不知道的，只见每次黎明时回来，或许赶来一头猪，或许叼来羊的几块腔子、腿。有一次它们竟叼进一套孩子的衣服。小儿一看上边血迹斑斑，就浑身打颤，但那衣服却叼放在他的身边。他索性穿上，说："你们什么时候吃我？"狼没有回答他，照样每日让他出洞，在树上采些野果子吃吃，到远处的山坡上挖些红薯吃吃，但每一次又被狼叼回来。他后来发现，当羊出去吃草的时候，他也跟出去，狼是不管了，他就牵着羊到洞前那片梢林右边去吃那一片鲜活活的青草，去一口泉潭里喝水。他终于胆子更大了，一次对羊说："今日没狼跟着，咱们跑走吧！"就牵了羊过了草地，进入荒沟的那个洼里了。这时候，小儿听见了人的哭声，哭得长声长气，想："遇见人就好了！"循声跑去，那哭着的竟又是洞口的看守他和羊的狼，用爪子在地上刨了一坑，嘴巴塞进去发出的叫声。

小儿逃不出洞来，哭着哭着也就不哭了。他和奶羊玩，和狼崽玩，狼崽常常吮他的手指头和脚趾头，偶尔就咬痛了，他就用石头打它，跟它学吃生肉，争吃羊的奶。

又是没黑没明地过去了许多日子，小儿身上竟慢慢长出一种黄白的汗毛，眼睛也红了。又是一天，狼叼回来一件人的衣服，他穿上了，发现衣服的口袋里还有一个小小的烟斗和一个打火机。小儿就每次出去，开始捡些干枯的树枝回来，一日一捆，一日一捆，他全放在了洞口。有一天黎明时分，狼群全然归了洞，卧在洞里打盹，小儿突然点着了洞口的枯柴，火光冲起，浓烟弥漫，封住了洞口。小儿趁势跑出来了。此时，洞里一片嗥叫，接着就有五六只狼冲出洞来。当发现小儿，小儿已经跑上了沟畔，大喊大叫。这喊叫是那样的尖锐，对面山梁上一位行路的猎人发现了，立即放了一枪，追赶小儿的狼群静伏在草丛里，不敢前进一步。

小儿凭着自己的依稀记忆，跑回到了板桥村。正在村口，遇见了他的娘。娘坐在一个小小坟丘上哭，他说：“娘，你哭谁呀?”做娘的猛听到声音，觉得耳熟，想：这多像我的儿呀！就回过头来，眼泪矇眬见面前站着一个像儿又不像儿的动物，当场啊的一声昏厥了。

村人跑过来，有认出是小儿的，但谁也不相信是活着的小儿，看做是鬼，一哄就散了。这小儿莫名其妙，伤心地哭了，跪着说他是人呀，是被狼叼去的那小儿呀！娘也苏醒过来，认出果然是儿，一把抱住又哭，边哭边问，村人又渐渐走近，却问得奇奇怪怪，将这小儿从娘怀里夺开，说道：“世上哪有被狼叼去不吃而能生还的人?！这是狼变的，是怪物！咱们治死了母狼，狼是来报复的。他不是人，是祸害！”

做娘的也怀疑起儿子了。人怎么也不能相信这桩怪事的，以为板桥要遭大灾大难了，多少代人，还不曾有这般奇闻啊！便将小儿捆起来，丢在了村前的河滩上。说：“他要是狼变的，狼派来的，咱们把他丢在这儿，狼就会有反应的。”

果然，就在当天夜里，这群狼来到了河滩，它们团团将小儿围住，然后留下两狼守卫，其余发疯似的向村子撕咬，又咬死了许多人家的猪、羊，还咬死了一头小牛，而三只奶羊被拉到了河滩，让小儿用嘴去吮羊奶。第二天白天，狼也没有退去。没有一个人敢到河滩去了。

第三天里，板桥村的全部男女集合起来，集中了所有的猎枪，趴在河堤上一起向狼群射击，五只狼被打死了，其他的全部打散。人们把那受狼保护的小儿拉回来，他已经奄奄一息了，不能开口说话，用筷子撬开他的嘴，往里灌水，灌米粥，他还是不能下咽。村人议论纷纷，都不知这是人是狼？是人怎么能和狼在一起，是狼为什么又能认得其母？就有好事者将这事告知了公社，公社有个文书，才从大学毕业不久，听得其事，赶到现场。那小儿已经醒来，只是微弱地叫着要娘。做娘的过来，看着非人非狼之物，应也不是，不应也不是。这文书就前去讨问事情经过，小儿又是复述一遍经历，文书就说："这是人，都不要加害他！"就背了小儿，引众人向居住过的狼洞走去。

狼洞里已经没有狼了，洞口的那堆柴火已经燃尽。进洞去，发现这是一个从未见过的大洞，洞壁上，洞里的石头上，留有狼毛、狼粪。再往里，是一堆动物的白骨和一只饿死的奶羊。而且发现了当年被母狼咬死的张家老二的一只袜子和一只鞋。这下，村人才相信了小儿的话都是真的，那做娘的就叫一声：“我儿！”将小儿搂在怀里。

但是，小儿头却一歪，小腿儿一蹬，死在了娘的怀里。全村男女又第二次参加他的葬礼，将他就埋在洞里。洞很大，为了寻一个适合的地位，他们向洞内深进。没想这洞深极，而且愈走愈黑暗，当进入最里边的时候，却突然出现了点点的光，大惑不解，掘下一块拿出洞来，经太阳一照，愈是灿灿闪亮。“这里有金子！这是个金矿！”村人们大惊，连夜将这块沙土运往县上，经鉴定，这是一孔含量很大的金矿。于是乎，村人们纷纷涌向洞来开采。当然他们还只是手工淘金，见天有人进洞，背出一筐沙土，到河边，用一个木槽子在那里慢慢摇动，沙土冲走了，真金留下。屏住气，用羽毛轻轻扫在手心，再轻轻装进腰带上那个特制的竹管里。十天半月，一个淘金者可以出卖沙金，得来四五十元。

这金洞，村人依然称做狼洞。但他们过上了富裕的日子，却都忘不了那个小儿。他们将小儿的坟墓迁埋在了洞顶，而且修筑了一个小小的庙房。他们修灶要敬灶爷，打炕要奠土地，上山要拜山神。小儿也是他们敬拜的人，每次进洞，就要去小儿庙里点上一炷香，祈求小儿保佑，使他们进洞得金，来不空回。

小儿的娘，那个已经褪了青春颜色的女人，消除了耻辱和悲痛，觉得自己生养过一个了不起的小人来。她也在耕作了田地之后，前来淘金。但她是从不进洞的，她只要求进洞的人每个出来将脚上的草鞋脱给她。她提着这些沾满沙土的烂草鞋到河里去淘，竟每每淘出金子要比别人三筐五筐的沙土里淘的金子多。

板桥自从有了金子出产，这美丽的地方更是居商州首位。从商南、山阳，以及湖北的襄阳、河南的淅川等地，纷纷有人前来淘金。几年之内，这地方就开挖了许多新的金洞，每个金洞顶上都是修一个小小的小儿庙。远近的人为了这板桥的金矿而来，来了就赞叹这里的山好，水好，花好木好，空气好，更赞叹这里的人好。美中不足的一点，是这里野羊野兔甚多，常常糟蹋庄稼，扰乱村人，还将淘金人的被褥干粮袋咬破。人们就要说：这些狼不吃的！

狼确实是不吃它们了。因为那群狼死的死了，逃的逃了，到很远很远的山里去，再没有回来过。

石头沟里一位复退军人

一觉醒来，就听见后窗外有吱扭、吱扭扭的响声，炕那头的复退军人还在呼呼噜噜地睡着不醒。这复退军人三十三岁，前年从青藏高原回来，虽然已经务农三年了，但身上还保留着军人的气质：一是行走，坐卧，胸部总挺得高高的；二是能苦能累，能吃能睡；三是穿一身黄军衣，领章帽徽当然没有了，但风纪扣扣得极严。我昨天下午一赶到这里，他就对我十分友好，一定留我住下，又当夜勒死了一只后山跑过来的游狗，打了二斤烧酒。吃狗肉喝烧酒，里外发热；两个人头歪头倒在炕上就一直没有苏醒。

“喂，伙计！”我叫着。

复退军人依然沉睡如泥。我仄起身来，撩起后窗帘往外一看，才见屋后田边的那台大石磙碾子被一个女人推着。这女人窄袄窄裤儿，腰俏俏的；头上抹着很重的头油，丝纹不乱；一双用粉涂得雪白的单布鞋，弓弓的小巧，起落上下没一点声响。碾磙子太大了，一丈多长的碾杆，一个人推着很费力。碾盘上铺着的一层鲜玉米颗粒，被石磙子碾过，噼噼唰唰地响，黄白浆水就溅得一碾盘都是。

我穿衣起来，一边到门前的河里去洗脸，一边看着推碾子的女人，想这是谁家的小媳妇，这么俊样，怎么一大清早独自来推碾子，那么大的石磙子，她推得动吗？

正看着想，那女人听见泼水声，掉过脸儿也来看我，没想目光正碰在一起，她一笑，脸先飞上了红，忙推着石磙子走，偏在石磙子和我一条方向线上的时候，她再不推，躲在那边细声咳嗽。

就在这个时候，我睡的那个后窗打开了，露出复退军人的黑脸。那女人立即闪出来，往那里睨了一眼，忙又向我这边看，我忙埋下头去。等再去看那窗口，已经关上了。不久，有一头毛驴，背上有着套绳，从后门端端走出来，走过田埂小路，站在碾盘下。那女人也站住了，动手将毛驴套上了碾杆，却大声骂道："你来干啥？你还敢来？！看我打死你！"

一根树枝扬在半空，似乎使出了全身力气，但落下来，轻飘飘的，只在毛驴后胯下一捅，毛驴小步溜丢推着石磙子吱扭扭飞转。

我知道这女人是和复退军人熟识的了，但为什么却不把毛驴拉出帮忙？我赶回来，复退军人已经洗好了脸，在镜前用手挤腮帮上的粉刺，一边轻轻地哼着歌子。我说："伙计，你家毛驴跑出去了，那个女人不做声就套上，帮她推碾子哩！"

"是吗？"他好像才知道了这事，"这毛虫，怎么就跑出去了？！"但他并没有去拉回毛驴，也不从后门出去看看，只是轻轻地哼他的歌子。

"这女人是哪里的？"我问他。

"上边垴畔的。"

“是谁家小媳妇？”

“不是谁家小媳妇。”

我终于证实了，这小巧女人和复退军人是相好的了。

“你们既然很熟，她一个人能推了碾子？你该去帮帮手啊！”

他突然脸红了：“我才不管她哩！”

后来，毛驴就又独自走回来了，驴背上放着套绳，套绳中间有一个十分干净的新手帕包儿，复退军人打开了，里边是碾成的鲜包谷粥团。

“她送你的？”我说。

“她恐怕是让我招待你的，”他说，“你吃过这包谷粥粑粑吗？比白面馍馍好吃哩。”

这一天早上，我们就做了稀饭和包谷粥粑粑。那粑粑果然十分清香，愈嚼愈有味道。我们边吃边说着话，他告诉我：他们这里叫石头沟，沟底流的不是水，而是石头。我说这一点我昨日一来就看出来了，因为在这条沟里走了十五里，沟道里先还有水，走着走着水就没了，再走一半里，水又出现了，原来这沟里的河是渗河。走过七八里，河里便很少有沙，全是石头，大的如屋，小的如枕，你垒我，我垒你，全光圆白净，有水的地方，水就在石头中隐伏，浅潭中游几条小鱼，没水的地方，连一棵草也没有。

他说，这里便是沟垴，上边坡堰上的村子，是这条沟唯一的村子，共五十户人家。这五十户分为三姓，主要是孙家，其次是田家，再是韩家。他家姓宁，是仅有的独户，与村子较远。平日他家和坡堰上的人家来往不多，但全村唯一的石碌子碾子却在他家屋后，少不了有人来碾谷子、稻子、包谷棵的。他末了就又说起他自己，说他当了几年兵，在青藏高原上一个劳改场看管犯人。复退后，去年双亲相继谢世，三个妹妹也早嫁了人，他就成了一家之主：进门一把火，出门一把锁，一桌饭端上来，他不说吃，谁也不会吃。“我能吃苦，什么都可以干，就是闷得慌。”他买了一个收音机，每夜听到鸡叫，但还是常失眠。

“你怎么不找个媳妇呢？”我说。

“一个人倒清静。”他笑了，又问我，“你说呢？”

饭后，我便一个人到后边的坡堰村子去了。这村子确实不小，但房屋极不规律，没有两家是一排儿盖的，由下往上，一家比一家高。村里没有一条端端的街，也没有一条平平的路，都是从这家到那家，一条仄路，斜着朝上，或斜着往下。我在村子里转了几转，人们都拿眼睛好奇地盯我。我发现村里穿黄军衣、黄军鞋的，戴黄军帽的人很多，便向几位正聊天的人打听，他们就一哄笑了。

“我们这里有兵种哩！”

“兵种？”

“你看见最上头的那个门楼吗?”一个人用嘴努着,“那是孙家二爷,七个儿子,都当过兵,到了孙子辈,又当了三个。”

我有些吃惊:这孙家人口好旺,出了这么多军人?!“那河下的宁家,不是也出过个兵吗?”

“他算什么兵?看管了几年犯人!回来还是个农民,连媳妇都丢了。”

这些人说起来,兴趣倒来了,似乎谈论别人的不幸和愚蠢,最能开心。我便也从中知道了这复退军人家底是全村最薄的。孙家有个叔父在大队当领导,那几年招兵,孙家每年要走一个,三四年回来,就都安排了,有在县饮食公司的、木材检查站的、交通局的、汽车队的……都发了财,日子过得人模狗样的。这姓宁的老汉看得眼红,就粜了五斗包谷,给孙家那个叔父送礼,好歹让儿子当了兵。这儿子未穿军衣前,在队里烧炭场,终日人比炭黑,长到二十七,媳妇找不下,刚一换上军衣,就有三个媒人来提亲,结果选中了一门,三下五除二,见面,看家,订了百年相好。临到部队前一天,丈人、丈母和那宝贝女子来家送行,吃了喝了,临走拿了三身衣服,五十元钱。没想到了部队,三年复员,小伙没有得了国家的事干,那女的便闹着又退了婚。宁家父母一口气窝在肚里,气最软,气又最硬,积成癌症,不上一年就都眼睛不合地去了。

"现在再没有个提亲的?"我问。

"给他认门猪亲!他被八趾脚迷住了，不三不四的，谁家黄花少女肯嫁了他?"

"八趾脚?"

"是个人，破鞋，鬼狐狸儿变的，见了男人就走不动啦!"

"放你娘的狗屁!"一句末了，半空里火爆爆骂了一声。我和那聊闲话的人都吓呆了，仰头一看，三丈远的一家小院里，有一棵桶粗的核桃树，树丫上爬着一个女人，一边用长杆子磕打着核桃，一边朝这边骂，我认出正是清早推碾的那女人。

"我就骂了你，破鞋!"那男的跳起来，"你害死了我们田家的人，又去勾引人家姓孙的，你怎么不就去给孙家铺床暖被?你现在又给宁家骚情，看他姓宁的就敢要了你?!"

那女人气得嘴脸乌青，摘了青皮核桃朝这边打来，那男的也从地上捡了石头瓦片往树上打，两厢一时如下了冰雹。我一看大事不好，飞似的跑下村子，直奔复退军人家。他一听，便抄了一根扁担冲出了门，却在院中，将那扁担在捶布石上摔断了，使劲地打自己。我以为他是气疯了，他却哇地一声哭了个死去活来。

直到这天晚上，复退军人才一五一十告诉我实情。原来这女人是个寡妇，第一个姓田的丈夫好吃懒做，脾性又特别坏，三天两头和她打闹，她就和孙家一个当兵的暗中好起来。有一年，那当兵的回家探亲，她去孙家和那男的说了半宿话。她丈夫后来知道，将她一顿好打，又要剁一个指头让吸取教训，她跪下求饶，那时她人聪明俊俏，正在大队业余宣传队演戏，说剁了指头怎么上台啊，丈夫竟剁了她一个脚趾头。那丈夫也是鬼迷了心，剁了她的，又持刀去寻着那当兵的，也逼着剁了一个脚趾头。结果被抓了牢狱，一个月里，又染了重病，死在牢里。她依然痴情那孙家当兵的，但人家一复员，在县汽车队开了车，看中了本单位一个打字员，就把她甩了。从此她声名扫地，几年里再也抬不起头了。

“村里人都看不起她了，”复退军人说，“但她性子硬，从来不服，自田家丈夫一死，田家人要赶她出门，先是孙家势力大，没有赶走，后来田孙两家一气要赶她出村，她还是不走。她长得嫩面，人又能干，上炕的剪子下炕的镰，从不要人帮她。一年四季衣着上收拾得干干净净，村里人越是看不惯，她越故意，但我知道她心里很苦，常常夜里关了门啼哭。”

“你知道？”我说。

复退军人不言语了。将昨日吃剩下的狗肉又切了一盘，陪我喝起酒来。一杯又一杯，他喝到八成，用拳头就使劲捶自己的头，说："我这兵当得窝囊，我不像个当兵的啊！"

我知道这是醉了，就收了酒肉，各自睡下。到了半夜，后窗上有嘭嘭的敲打声，我忙叫复退军人，那响声却没有了。复退军人听我说了，"哦"地一声，说他出去看看，不要我起来，出门又将小房门锁了。一直有了好长时间，他回来了，一进门就喊我起来，没头没脑地说："人在事中迷，你给我出出主意！"

"什么事？"我吓了一跳，翻身坐起。

"她又被人打了！"

"谁？"

"桂枝。"

门推开了，那女人披头散发走了进来说，是夜里田家人又要撵她，不准她再住原丈夫的三间房，孙家人也趁机起哄，什么难听的话都骂了。她和人家吵起来，说只要活着，她就不走，还要刚刚正正在石头沟住下去。人家要打她，她抄起擀面杖叫道："谁动我一根指头，就叫他像田家那死鬼一个下场！"那帮人也不敢动她，问她有什么理由赖着？她说："我要招人！"问招的哪一个？她喊了三声："宁有生！"那帮人听了，又气又骂，又是冷笑，说姓宁的没那个胆量，一哄才散了。

"同志！"那女人突然在我面前跪下了，鼻涕眼泪一齐流了下来，“我名气已经倒了，我也不怕你笑话，但我哪儿是坏人？我坏在了什么地方？我坏就坏在没有认清孙家那个牲畜，我痴心待他，他却要弄了我！痴心不是我错，我还要痴心待人。是我先爱上宁有生的，要说勾引，就算是我勾引，他孤苦一人，被人看不上眼，我知道他的苦处，难道我们就不能热热火火成一个家？可他不像个血性男人，总是不敢公开，是我抖出来了，怕人家追问他时他撑不起腰杆，我就来逼他明日去村里公开的！”

这女人口齿流利，句句说得有板有眼，我一下子感觉到了自己的责任，便站了起来，给复退军人鼓劲，说这里家族势力还这么厉害，就要当个生活的强者。如果一个强了，两个都强，一个强不起来，两个人也就全毁了。

复退军人瓷在了那里。

“你说话呀，说话呀！”那女人抓住了他的胳膊，呜呜又哭了，“你老是这样，你只有自己糟蹋自己！我以前不是这样吗？我吃尽了性软的亏，今日在这同志面前，你把话说清：你要活得像个人，你明日就当众人面公开，咱有得是力气，人也不比谁笨，日子会过得红火。你要还是这样下去，咱就一刀两断！我就是当一辈子寡妇，我也不会走，我也不去寻短见！”

复退军人猛地过去抱了酒碗喝了一气，一边抹嘴，一边说：“依你的办，我也是窝囊够了！”

第二天早上，因为我急着要赶到北边留仙坪去，不能在这里多待了，临走时，复退军人和那女人双双送我上了沟那边的便道上，我祝福他们成功，那女人“咯”地笑出了声。

三个月后，我回到这个县上，县城里正流传着一件新闻：石头沟一个寡妇和一个复退军人为了结婚，在公社领不出结婚证，又上告到县上，指控石头沟孙家和田家暗中给公社文书使了黑钱。结果，县委追究，官司打了一月，孙家的那个大队领导终于撤了职，寡妇和复退军人结了婚。两人卖了寡妇的房子，积了本钱承包了一孔木炭窑，收入很大。有人便给我说：早上还见他们担了炭在县城南市上出售，炭是好炭，一律栲木料，易燃、耐烧、散热性强，只是燃起来爱爆火星儿。

一对恩爱夫妻

在石庄公社的冒尖户会上，我总算看见了他。这几天，就听公社的人讲，他们夫妻恩爱很深，在全社是摇了铃的；没想冒尖户会他也参加，而且又是他们夫妻培育木耳致富的，可见这恩爱之事倒是千真万确的了。会是从晚上擦黑开起的，小小的会议室里，人人都抽着旱烟，房子里烟雾腾腾的。他自始至终没有说话，呆呆地坐在靠墙角的凳子上，后来就双手抱着青光色的脑袋，眼睛一条线地合起来。主持会的人说："都不要瞌睡了！"他挪了挪身子，依然还合着眼睛，主持人就点了他的名："大来，你梦周公了？"他说："我听哩！"大家就都笑了，说他从来都是这样：看上去是瞌睡了，但其实耳朵精灵哩。大家一笑，他也便笑了，笑起来眼睛很小，甚至有肉肉的模样。我便想：他是这么个人物，窝窝囊囊的，怎么会讨得女人的喜欢呢？但他确是这一带有名的爱老婆和被老婆爱的，那老婆是怎么个模样呢？两口子又怎么就能成了冒尖户？

会开完的时候，因为公社没有客房，书记让我和他打通铺，我说很想了解了解大来的夫妻生活，书记就仰脖儿想想，说很好。叫过大来一讲，大来却为难了：

"这能行吗？家里卫生不好，虱子倒没有，只是有浆水菜，城里人闻不惯那味儿的。"

"我就喜欢吃浆水菜哩！"我说，"如果你不嫌弃，你能住我就不能住吗？"

他笑了，眼睛又小小地退了进去，说："哪里话！你真要去，我倒是念了佛呢！"

他便开始点着个松油节。说他家离公社十里路，要翻两座山的，夜里出门开会，看戏，串亲戚，就都要点这松油节照路的。那松油节果然好燃，在油灯上一点就着了，火光极亮，只是烟大。他的怀里就塞了好多松油节儿。点完一节换上一节，让我走在他的身后，走过公社门前的河滩，过桥，就直往一条沟道钻去。

路实在不好走，尽是在石头窝里拐来拐去，后来就爬山。虽然他照着火光，我还是不时就被路上的石头磕绊了脚，他就停下来，将我拉起，替我揉揉，叮咛走山路不比在城里的街道上，脚一定要抬高。

“这都是习惯，我到城里去，平平的路，脚还抬得老高，城里的人一看那走势就知道是山里来的‘家娃’了！”

“你们村里就来了你一个吗？”我问他。

“可不就我一个！那条小沟里，就我一家嘛。”

“一家？”我有些吃惊了，“夜里出门总是你一个人？”

“可不，那几年，咱共产党的会多，小队呀，大队呀，常在夜里开会。咱对付人没有心眼，但咱有力气，狼虫虎豹的我不怯。”

“真不容易。公社这么远，来回得一整宿哩。”

“现在会少多了。那几年动不动开会，不去还要扣工分，整整十年了，扣了我上百个工分呢，今夜里我是第一次去那大院的。”

“怎么不去？”

“唉，那大院里原先有雄鬼哩。”

“雄鬼？”

我越来越听不懂他的话，向前跃了一步，风气将松油节的光焰闪得几乎灭了，他忙用手护住，说道：“现在好了，他早滚蛋了，‘四人帮’一倒，查出他是‘双突击’上去的，他果真没好报。”

我才听出他说的雄鬼，原来是指着一个什么人了。

“我一见着那雄鬼，黑血就翻，每次路过那大院门口，头就要转过去。就在他滚蛋后，我也不想到那个地方去。今日公社派人来一定要我去，去就去，现在是堂堂正正的人了！刚才开会时，我就在想，我老婆今夜和我要是一块去，就好了。”

他时时不忘了老婆。我说：“后天不是召开全公社大会，要让你们坐台子戴花吗？”他在前边嘿嘿地笑起来。

“哎呀，你真是对老婆好！”我说。

“要过日子嘛。咱上无父母，左右无亲戚四邻，还有什么亲人呢？”

鸡叫两遍的时候，我们到了他的家，沟虽然不大，但却很深，还在山坳上，就瞧见沟底有一处亮光，大来笑着说：“那儿就是，她还在等着我哩。”

我们顺着一片矮梢林子中的小路走下去，那沟底是一道小溪，水轻轻抖着，碎着一溪星的银光，从溪上一架用原木捆成的小桥过去，就是他的家了。门掩着，一推开，堂屋和卧房的界墙上有一个小洞窗儿，一盏老式铁座油灯放在那里，灯光就一半照在炕上，一半照在中堂，进门时风把灯光吹得一忽闪，中堂的墙上就迷迷离离地悠动。满屋的箱柜、瓮罐，当头是三个大极了的包谷棒捆。两个孩子已经睡着了，他的老婆却没有在。果然冲鼻而来的是一股浓重的浆水菜味。

“菊娃——！”大来站在门口，朝溪下的方向喊。黑暗里一声：“来了！”就一阵脚步声由远而近，一个人背了一捆木棒慢慢走上来，在门前咚地放了，说：“怎么开到现在？那个地方你真还能待住?！”

“咱现在怎么不能待了？后天还要在全公社大会台上坐呢，书记说一定要你去！谁叫你去那儿背耳棒的，我瞅空就背回来了！”

“我坐着没事。瞧，你倒心疼起我了，这耳棒不拿回来，明日拿什么搭架呀？锅里有搅团呢。”

她啪啪地拍着身上的土，大来告诉我这木棒就是培育木耳用的，那老婆突然才发现了我，锐声叫道：“来客了?”

“是城里一个同志，晚上来家睡的。”大来说。

“你这死鬼！怎么就不言不语了?！你们快坐着，我重新做些饭去。”

她招呼我在屋里坐了，站在门口，和大来商量起给我做什么好饭。我瞧见她背影是那么修长，削削的肩，蓬松光亮的头发，心里不觉叫奇：深山野沟里竟有这么娟好的女人！这憨大来竟会守着这么一个老婆，怪不得那么爱她。可她怎么就也能爱着大来？

我赶忙说："什么饭也不要做，要吃，就吃搅团。"她就说那使不得的，怎么端得出手？我一再强调，说我在城里白米白面吃多了，吃搅团正好调调口味，她才不执拗了，走进来喜欢地说：

"那好吧，明日给你改善生活。"

灯光下，她那张脸却使我大吃一惊：满脸的疤点，一只眼往下斜着，因为下巴上的疤将皮肉拉得很紧，嘴微微向左抽。那牙却是白而整齐，但也更衬得脸难看了。

我真遗憾这女人怎么配有这么一张脸！看那样子，这是后天造成的，我想问一声，又怕伤了她的心，便低下头不语了。她很快抱了柴火就去了厨房，听得见风箱呼呼啦啦响了。

这时候，土炕墙角的喇叭呜呜地响起来，有声音在喊着"大来！"大来爬上炕，对着喇叭对喊着。"到家了吗？""到家了。""到家了就好。""还有什么事吗？""照顾好客人。""这你放心。"他跳下炕，说："书记不放心你，怕夜里走山路出了事呢！"

我好奇起来，山区的联系就是靠这喇叭吗？他说，这个公社面积在全县最大，人口却最少，一切事就都靠这喇叭联络的。

我们开始吃起搅团来，虽然是包谷面做的，但确实中口，再加上那辣子特别有味，醋又是自已做的，吃起特香。那女人先是陪我们说话，我一直不敢正视她的脸。她也感觉到了，就不自然起来，我忙又说又笑着来掩饰，但她已起身去给我支床，取了一件半新被子，说城里人最讲究被头，便动手拆了旧被头，缝上新的。

吃罢饭，又烧了热水，让我洗了，又一定要大来洗手脸和脚，大来有些不愿意，那女人就说："夜里你们男人家睡那边新床，你跑了一天路，脏手脏脚的叫客人闻臭气呀?!"

接着，就又从柜里取出一升核桃、一升柿饼，放在新床边上，说让砸着仁儿包在柿饼里吃，朝我笑笑，进了卧房，关门吹灯睡下了。

我和大来坐在床上，一边吃着山货，他就看着我说了："山里人家，你不笑话吧?"

"笑话什么呢? 瞧你这人!"我说。

"你也看见了，娃子娘，也怪可怜的，走不到人前去。"

他是在指他老婆的脸了，我一时不知怎么回应，就说："她是害过什么病?"

“是我烧的。”

“烧的？”我痛惜不已，“山里柴火多，不小心就引起火灾……”

“不，是故意烧的。”

“咹？！”

一个男人谁不愿意自己的老婆长得漂亮，他却要故意去破坏她的脸面？他们夫妻在这一带是有名的恩爱，怎么能干出这事？

大来脸色暗下来，不说话了，开始合上眼睛抽烟，抬起头来的时候，眼里噙着泪水。“我也看出你是好人，我就给你说了吧，我从来不愿再提这事，一提起心里就发疼。”

他说，他是二十八那年娶的她。她娘家在后山六十里外的韩河村，自幼长得十分出脱，是韩河一带的人尖尖，长到二十，说亲的挤破了门，但她偏偏爱上了他。他那时就会培养木耳，去韩河帮人传艺，见的面多了，她看上他人老实，手艺好，一年后就嫁了过来。小两口相敬相爱，日子虽不富裕，但喝口冷水也是甜的。第二年生了个儿子。到了第三年，公社的原书记和县农林局几个领导到这条沟里来，他们就认识了。小两口十分感激领导能到他们家来，就买了肉，灌了酒招待，没想那书记看中了他的老婆。以后常常来，说是检查工作，或是关心社员，来了就吃好的、喝好的。有时他不在，书记来了便不走，说些不三不四的话，回来老婆向他说了，他倒还训了老婆一顿，说领导哪会是那种人，人家既然看得上到咱家来，咱就要尽力量当上客招待。但有一天，他去山上犁地，书记又来了，她是端茶水的时候，书记笑淫淫地说：

“深山里还有你这等好的人才！”

“书记，你怎么说这话！”她说。

“这大来哪儿来的艳福，你看得上大来？”

“书记，你不要……”

书记却站起来抓住了她的手，接着就抱她的腰，她立即打了一下，挣脱了跳在门口，说：“他爹在山上犁地，他要回来啦！”

书记咽咽唾沫，将五元钱放在桌子上，出来走了。

她赶出来把钱扔在他脚下，转身就跑，书记却哈哈笑了，说：“你这娘儿的脸为什么要那么好看呢？”

大来回来，听老婆说了，当下气得浑身打颤，就要跑下山去找书记。老婆却将他抱住了：“你这要寻事吗，人家是书记呀！”“他不能这样欺负人?!”“你又没有证据，谁能信你的，还是忍了吧，反正我不会依了他的。”他便忍了。

以后他去山上做活，就让老婆看见书记要再来，就早早躲开，要么就两口一块到山上去，就是山下逢集赶会，他轻易也不去，或者夫妻一块去，一块回。书记果然好长时间没有得逞，但越是没有得逞，愈是常来。后来公社在三十里外修水库，书记就点名让他们队派他去当长期民工，他知道后，坚决不去，但以此被扣上破坏农业学大寨的罪名，在公社大会上批判，他只好去了。他走后，书记终于一次把他老婆按在炕上，老婆反抗，搏斗了一个时辰，渐渐没了力气，就被糟蹋了。他从水库工地回来，到公社去告状，反被书记说是陷害，他又告到县上，县上派人调查，没有人证物证，也不了了之。书记又以报复诬陷之名，勒令他去水库工地，然后，十天八天去他家，老婆就如跑贼一样，又被强奸过两次。他老婆连夜跑到水库，找他回来，两口抱头痛哭。他几乎要发疯了，磨了一天斧头，想下山去拼命，老婆说："把他杀了，你还能活吗？你一死，那我怎么办呀，你还是让我死吧！"他又抱住老婆："你不能死，你死了，那我怎么办呀！"夫妻俩又是大哭。

"全怪我这一张脸，全怪我这一张脸害了我，也害了你！"老婆说。

他突然想出一个办法来，但他不敢说出，更不敢说给老婆。一个人在山上转了半天，最后还是回来，在衣服上涂了好多漆，要老婆用汽油给他洗洗。老婆端着汽油盆子正洗着，他从后边划着了火柴，丢了进去，火立即腾起来，冷不防将她的脸烧坏了。她尖叫一声，昏倒在地，他抱起来大哭：“我怎么干出这事？我不是人啊，我不是人啊！”老婆醒过来，流着眼泪，却安慰他：“这样好，就这样！”

果然，书记从此就再也不来了。

他们夫妻的日子安静了，他永远属于她，她也永远属于他。

也从此，他们再也不肯到那叫人伤心落泪的公社大院去了。

鸡叫四遍的时候，我们睡下了。我合着眼睛，听见门外的梢树林里起着涛声，门前的小溪在哗啦哗啦响，不知在什么时候，就睡着了。我梦见就在这间屋子里，大来和他的女人正忙着将一堆堆耳棒抱在门前土场上，架起人字架，点上木耳菌种，眨眼，那木耳就生出了黑点儿，又立即大起来，如人的耳朵，又大成一朵朵黑色的花。我也帮他们开始采摘，采了一筐，又采了一筐，三人就到了山下，在供销社卖了好多钱。突然有了锣鼓声，他俩又坐在了冒尖户授奖大会上，新书记给他们戴花，大来眼睛小小的，一副憨相，窘得手脚没处放。那老婆却大方极了，嫌大来不自然，就在桌下踩大来的脚。没想台下的人全看见了，就一齐哈哈地笑。那老婆也满脸通红，红润光洁。人都在说：

“这大来有这么俊样的老婆！”

“瞧人家的眉眼儿哟！”

屠夫刘川海

一看见嘴唇上的黄胡子，我便认出是他了；他也看见了我，眼睛笑成一条肉缝，栽死扑活地向我跟前跑。我习惯性地伸出了手，他站定在我的面前，却将两只手“双”在袖筒里：“不，不，农民不兴这个！”我腾地脸红了。大前年我在镇安县开多种经营现场会，他是柞水县代表，我们住在一个旅馆里，说笑熟了，就曾经戏谑过我们当干部的讲究多：见面要握手啊，分别要再见呀……现在，我猛地警惕着自己，尽量避免一些普通话用语，比如，刚说了“昨晚到这刘家塬的”，就忙再说“夜儿里到大队的”。要不，他会给人编排说我是“坐碗来的”。

“你快到屋里去吧！”他说，指着村口的三间瓦房，“我女儿在家，你去就说你的名字，说是见过我了。真不凑巧，村北头来顺家要杀猪，请了几次了。我应了声。应人事小，误人事大，腊月天误一个时辰，市面上肉价一高一低要错好多价哩！”说着就把右手提着的竹笼子揭开，里边放着杀猪的尖叶刀、大砍刀、浮石、铁钩什么的。

“你还干的老本行?”我说。

“有什么办法?过年人都要吃肉,猪总得有人杀。咱白刀子进,红刀子出,这事也不能干得久了,我想等一日我到了阴间,那些猪鬼会把我一刀一切剁了下油锅的。可话说回来,猪天造的是人的一道菜,就像养女子大了,就是别人家的人。你不是写书人吗,前年你缠我给你讲了一些花案,这次我给你再讲吧,我现今是治保委员,在这四乡八村,你打听打听,一出那种事,哪个遮住了咱的眼光?”

他还是那么个爱说话,我便乐了。村北头一家小媳妇打远处喊:“二叔,水都烧开了,啥把你牵挂的走不开?!”他给我挤眼,骂声:“去你娘的!不知谁有牵挂?”就又对我悄声说:“瞧见吗?这是来举的媳妇,人都说好,发觉了这小狐子和村西十字路口的大水好哩,秋里新红薯一下,撇下丈夫和孩子,拿了两个热红薯就和大水到村口老爷庙墙后吃去了。”说罢,骂骂咧咧跑走了。

我寻到他的家,门前正好是一个场地,沿场边一溜堆放着小山包似的几座麦秸草堆,风正吹着,有几团草叶卷成球儿模样,呼呼噜噜直卷到土墙院子门口。院子里空静静的,我的朋友早给说过,他老婆五年前就死了,撇下一个女儿给他,日子好不恓惶了几年。如今女儿大了,才松泛些，里里外外有人干事。他除了杀猪，一天就嘻嘻哈哈耍个快嘴儿。我走进院子，故意踏动脚步，还是没有人接应，只见厨房的窗口里往外喷着烟雾、蒸汽，就喊了声："有人吗？"

"谁呀？"厨房门口喷出一团热气，热气散了，才看清站着一个姑娘，细皮白肉的，刘海上、眉毛上，水蒸气立即凝成水珠了。我说了我的名字，又说了见过她爹，她乐了，拉我进屋。原来她在蒸馍。商州的腊月二十七、二十八、二十九三天，是讲究家家蒸馍，她已蒸出了几锅，白腾腾的摆了一蒲篮，就双手给我抓了几个出来：

"我爹常说你哩，说你最爱听他说话。你吃呀，看蒸的碱均不均？"

我问起他们的家境，她就唠叨起爹的不是，说他爱管闲事，好起来就他好，不好起来就他不好，五十多岁的人了，叫村里年轻人都不爱惦他。

"这是怎么啦？"

"怎么说他这个老子哩！他总是不满现在的年轻人不正经，谈恋爱没媒人……回到家，吃饭时就咕嘟着。当然我不爱听，就顶撞，他就发火，说我什么都不懂，大人一把屎一把尿抓养大，现在就不听指拨了？指责我现在不是小娃娃了，做了大人了。他说：'你掉过脸去？哈！不听老人言，有你吃的亏！'有时骂起来，气得饭也不吃了，我要吃着，就骂我没出息，坐不是姑娘的坐相，吃饭狼吞虎咽。我只好坐好，听他说着，眼泪就想流，他就又骂道：‘吃你的饭，拿好筷子！啊哈……你哭了？你这不受教的！’你瞧他这样子?！恐怕是杀猪杀得多了，人心理也变了态了！”

我笑起来，说她爹年纪也不是七老八十的，对新事情还这么看不过眼？

“可不！把我一天管得死死的，今日腊月二十八，这里逢集，我说去集上看看，他粗声吼着，让我在家，说一个大姑娘家，人面前疯来疯去不是体统。呀，馍熟了！”

她叫着，跳起身来，就去锅台，双手拍着笼盖，叫道：“长！长！”然后就哗地揭开笼盖，满屋子一片白气，什么也看不清了，只听见她叫道：“好得太——全炸开了！”接着她一口一口吹气，热气渐渐散了，她很响地在水桶里用水瓢舀水，手蘸一下，从笼里搬出一个馍来，动作像舞蹈一样。商州人白面不多，常要蒸馍时往里掺白包谷面，馍就十分讲究要炸裂。她把馍搬完了，用筷子蘸上红纸泡的红水儿一下一下点在馍顶上。又让我趁热吃了一个。

馍一连蒸过三锅，一切收拾毕了，她让我在院子里的太阳下坐着，就去上屋的箱子里取出一双新布鞋来。那鞋底纳着麻麻密密的麻绳眼儿，帮子也浆得生硬，整个鞋结实得像个铁壳子，就用木楦子来楦。楦子很紧，塞不进去，就又灌上些水，用斧子轻轻敲打。

“这是给你爹的过年鞋?”

“给我爹的已经做好了。”

“那是谁的?”

“我的，噢，你吃烟吧!”

她脸红了起来，又说她去隔壁那家办个事，就走了。两家的隔墙不高，我看见她站在那家院子里对着窗口喊着要买布证。“你是啥价?”“你卖吗?你是卖主，你说。”“集市上是一毛八。”“你却是我的嫂子!”“那你说?”“一毛二一尺。”“那叫你只看一眼。”“三毛!”“你有那个大方?”“少了不卖，多了不卖，你要多少?”“一角五。”“好吧，反正我给外人捎的，就让嫂子发个财!”两个人就一手交钱，一手交布证，又说了开来：“妹子，你给嫂子说实话，要是给你那位相好的扯衣服，我白送你，你给嫂子说……”“说得中听!我哪有相好的，你给我找一个吧!嘘，院那边有我爹的客人哩!”她们往这边看，我忙低了头。

后来她回来，问我去不去集市上，若去，和她一块走，不去，就在家守着门。我当然是去的，她就背过我把那鞋用布包了，夹在胳膊下。

集市是极大的，窄窄的一条道挤得人山人海，姑娘让我紧跟着她先去买了窗户纸。她拣纸十分仔细，要平整的、面匀的，用手一一摸了，搭在眼前对着太阳照了。买了白的，再买红的、绿的、黄的。这里的房屋最经心打扮的是窗子，白纸全部糊好了，中间的方格上，是表现手艺的地方，一格红，一格绿，一格黄，妥妥帖帖糊上，便每一格上再贴上窗花。窗花绝对是彩色的，几十种刀具，哪里该添，哪里该去，哪里该透光，一合计就在一张纸上刻成了，然后染色，然后涂酒，便白天日光透进来，晚上灯光照上去，鲜明夺目，旖旎可爱呢。

买完纸，姑娘突然不见了，苦得我左找右寻，才见她在一个墙角和一个小伙子说话哩。她低着头，小伙背着身，似乎漫不经心地看别的地方，但嘴在一张一合说着。我叫她一声，她慌手慌脚起来，将那包鞋的包儿放在地上，站起来拉我往人窝走。我回头一看，那小伙已拾了鞋，塞在怀里。

“那是谁？”我问。

“不告诉你！”

“是不是你的那个？”

“不知道！”

她回了一句，一个人从人窝挤过去，朝我喊：“快跟上！”但很快被人挤得不见了。我却无论如何不得过去，一队担柴的直叫着“撞——！撞——！”人皆两边闪道，人脚扎了根似的，身子却前后左右倒伏。等担柴的过去，那姑娘踪影也不得见了。我只好怏怏返回村子，因不能进朋友的家门，就去村北头看朋友杀猪去。

第一条猪已经杀好了，我的朋友正叼着烟歇着说着，他满口白沫直道他的见闻，然后扳指头数着四村八邻谁家女儿不好，自己找男人，谁家寡妇守了二十年了，终熬不过又嫁了人，又讲他怎么去捉奸，那野汉子怎么样，那骚婆娘又怎么样。

“尽是伤风败俗！叔一辈子就见不得这种恶事了，要不知道犯罪，我真想杀猪一样放了他们的血！你见过后村王小小的三媳妇吗？”

“见过。”旁边的人应道。

“哈，她到她男人的单位待了半年，回来就学会握手，女的也握，男的也握，王小小骂了一顿，她还说：‘那怕啥，城里人还抱住亲嘴哩！’王小小当场扇了她个嘴巴！”

“人家说的也没错呀！”

“她忘了自己是干啥的！你知道吗，她和她村一个小伙好上了，大白天的在包谷地里咬舌头。”

“二叔，这些事怎么总让你看见了？”

“叔这眼睛尖哩，就盯着这些事哩！这几个村里，谁家媳妇、女子正经不正经，咱心里有的是数。”

“那你说说咱村里吧。”

他正要说，抬头看见我了，笑着站起来说："你到家去了吧，见着我那闺女了吧？说句海口，我不让她出去，她就得乖乖在家待着。"我笑笑，却还给他点着头。

这时候，一阵猪叫，几个人又拉进一条猪来，使尽力气压倒在桃树下的方桌上，我的朋友丢掉烟蒂，系紧腰里皮绳，挽高袖子，握刀过去。左手握着猪的黄瓜嘴，左脚扛在猪的脊背上，右腿直蹦蹦蹬地，握刀的右手翻过刀背，朝猪嘴头上狠地一磕，猪一吸气，脖子下显出一个坑儿，刀尖刚触到那坑儿，眼睛便向旁边乜斜，见压猪的小伙们把猪的下腿全抓得死死的，就喝道："谁叫你捉下边两条腿？"小伙子们脸红了：因为把四条腿都抓死了，猪蹬踏不成，血就会淤在肚里，杀出的肉就不新鲜。于是，手一松，缩回去了。我的朋友又是用刀背磕了一下猪嘴头，一刀捅进那坑儿，刀一抽，一股红血刷地冒了出来，猪哼地一声，四蹄乱蹬，有人就拿过盆子接血，猪浑身颤抖了一阵，不动弹了。这时候，我的朋友把血刀在猪背上篦了篦，刀尖在猪嘴头上扎个窟窿，拴条葛绳，挽了圈圈，便叼刀在口长长出了口气。再把一双血手往猪身上抹抹，将那最高最长的猪鬃在指头上一卷，"铮铮"拔下几撮，丢在他带的家具笼里。猪鬃是归杀猪匠的。

男主人从厨房提来滚水，桶口落得低低的倒在大环锅里。我的朋友提一桶冷水，放在锅里转了几转，伸手在水里一蘸，一抽，口里吸溜着，在试烫水哩。终于，烫水正到温度，一声喊，小伙子们提猪的四条腿，男主人提猪的尾巴，我的朋友抓住猪嘴上的葛绳，将猪慢慢放在烫水里压着，转着，翻来倒去。烫好了，一齐动手，用浮石将猪毛“哧噜”“哧噜”刮去，用铁钩将猪挂在架上。我的朋友就取了捅条，在猪交裆上捅了，然后嘴搭近去猛吹，一边吹，一边用棒槌敲着猪身，眼见得猪浑身胀起来了。然后用木塞塞了窟窿口，用一勺热水洒了，用刀子刮了，刀又叼在嘴里，拔掉木塞，捉住猪耳朵，照脖颈肉缝里用手转割一圈，人转到猪背后，双手一用劲，“咔嚓”一声，猪头提在手里了。

现在，开膛猪肚，取出尿泡，旁边的孩子们一把夺过去，倒了尿，便吹成个大气球。取出大肠、小肠、心肺、肚子、肝子，几个人就忙着摘油、翻肚、洗肠了。一阵忙乱，我的朋友取过砍刀，割掉脖颈，割掉尾巴，那尾巴偏要夹在猪的嘴里，就扳过猪一只后腿，令一个小伙扳住另一只后腿，刀子咔嚓咔嚓从上到下分去，这便是“分边子”了。围看的人头都凑了过来看膘色，有人把手指放在当腰子眼——第七个胛骨地方——量量，叫道：“嗬！二指！”一个婆娘，也伸过手来量，说：“咦，还不止哩！三指啊！”有人便将她拨开，斥道：“去，女三（指）男二

（指）哩，你那指头算指头？”

当人们在嘁嘁咻咻看膘色，估价时，男主人和我的朋友、队干部蹲在井边均价啦。队干部说：“两股子！怎么样？”男主人说：“行，就这，正好！”队干部就往过一跳，朝众人喊：“两股子！”小伙子们都愣了，不知什么意思，老年人则面面相觑：“哟！一大一小？！”“啊！是一元一角？”“太贵啦吧？”“行，行，这是行市价。”我的朋友腿一叉，正经八百地说：“谁来？打！”一时热闹了，这个要“给我打一吊！”那个要“给我割一刀子！”想吃肥膘的要“槽头”；想包饺子的要“勾把子”；想炼油的，还有些奸能人，手总不离腰子眼，喊：“从这里！从这里！”三下五除二，一个猪卖完了，女主人说：“咳，弄得啥嘛，都没给自家留。”男主人凶道：“去！有你说的啥？”我的朋友哈哈大笑：“怎么没留，头水，下水（肚里货），里三，外三。就够你老两口了！”女主人经不住逗，也便笑了。

这一顿饭，自然在这家吃，我也便被好客的主人留下了。吃罢饭，又去另一家杀了猪，当我们回到家的时候，天已经黑严了。但是，姑娘没有在家。“人呢？”他说，脸上有了怒色，回过头来，却对我笑笑，“怕到后街菊香家去了。”

说起菊香，他就又兴趣了，说是菊香的娘年轻时是个破鞋，菊香爹打过几顿，如今菊香爹死了，她娘做了老寡妇，但自己的儿媳妇也有些不干不净的，菊香娘就很伤心，又不敢向儿子说明，常把他家女儿叫去说恓惶。

“咳，这就叫报应！前檐水不往后檐流，她活该了！”

又坐了一个时辰，姑娘还没有回来，他就说天黑了，要去叫她。但去了不久，就急火火回来，对我说：“他娘的，实在不像话！现在的年轻人……”我问清了，才知是他路过大场，那麦秸草堆后有两个人影在悄悄说话，他听不清是谁的声，但肯定是一男一女。

“走，你帮我捉这不要脸的东西去！叫他们知道知道羞耻！”

我说现在的年轻人不能和过去相比，人家或许在谈恋爱，管那些事干啥呢？他说：“我是治保委员啊！我能不管？”

他拉我出门，让我站在这边小路口上，便独自猫腰从大场那边走去，突然骂道：“狗日的，羞了你先人了！”那两个人影极快跑走了，一个从麦地里过去，一个朝这边小路跑来。我认清了，原来竟是他家的姑娘！我一缩身蹴在路下渠里，让她跑了过去。我的朋友过来怨我没有挡住，问看清是什么样的，我说看不清，他又只是骂道：

“你看这像话不像话？这是谁家的不要脸！”

我们回到院子，姑娘的房子里亮着灯，俊俏俏的身影映在窗纸上，她正在贴窗花。我的朋友问："回来啦？""回来啦。""晚上到谁家去也该早早回来，你知道吗，大场那边又出恶心事啦！"

土　炕

这大娘住在陕北羊儿沟，西离县城八十里，东离锁关镇三十里。她一生没去过县城，想不来城墙是怎么个厚法；锁关镇去过四次，一满去赶庙会，回来脚疼了几天。她恨过她娘，给她缠了脚；又发誓来世再不做女人了，不能英武武地走州过县。

她娘家是关中人，十九岁上，一个亲戚作媒，将她嫁到这里。丈夫姓王，比她小了三岁，小猴猴个头。她当时很不悦意，哭了一场，但爹娘用了人家的钱，拗不过，只好去王家炕上做媳妇。过门的那天，丈夫用毛驴接的她，四个唢呐吹天吹地，村子里的人都来看热闹，她吓得伏在驴背上，不敢抬头。晚上闹了新房，窑门关了，剩下她和小猴猴，她想起她娘，又哭了；丈夫也不敢动她。第三天半夜，小猴猴爬过来，叫她“婆姨”，她说：“谁是你婆姨，叫姐！”丈夫叫了一句“姐”，她才给他了个笑脸。

做了媳妇，滋味和做姑娘大不一样。丈夫虽然不能遮风挡雨，但对她尽心儿恩爱，她也就作罢了。他拉骡子去定边驮盐，一走一月两月，家里她里外忙活：冬种麦子，夏播糜谷；空闲下来，就拿了针线在村里串门。慢慢，倒觉得这地方不错，尤其是那土炕，在关中没有见过，她就兴趣了。

土炕很大，长一丈二寸，宽六尺零五，占了整整后半个窑。窑窗下是灶台，灶口是个深坑，炭填进去，既烧饭，又从脚地下的火道里通到炕上，冬天里，满窑都显得暖和。但她不习惯这么大的炕。丈夫出门后，她一个人裹着被子，夜里睡得满炕滚，倒却乐得笑了几次。她提议把炕盘小，丈夫不同意，说将来要生儿育女，这炕上十个八个都能睡下；她听后飞红了脸。半夜起来解手，她总想：真有七个八个儿女了，那炕下的鞋子会一摆一长溜呢，就又噗噗地笑。

土炕成了她的天地，她在上边纺线、纳鞋帮；在炕上摊开包袱，一有空闲，就翻弄那些各色布头、丝线；晚上在上边和丈夫说悄悄话。她想：男人家走州过县，女人家就是要守住这块土炕。她便尽心儿打扮：单子不许折一个皱，炕沿不能沾半星尘。只是不习惯在上边坐着吃饭，说是委屈不了那腿儿。

过了三年，她却一个儿女也没有生养下来。丈夫虽然心里苦恼，对她也不敢说出重话。她背着人哭了一场，觉得有了亏，便不再对他要强；丈夫反倒更爱怜她。

这时候，中央红军已到了延安，解放了西北边儿几个县，可胡宗南常来侵犯，这地面就成了拉锯区：一会儿白的过来，一会儿红的过来；日月不安宁起来。这一天，东南方向枪响了一个时辰，村里人都躲在家里不敢出门。天一黑，她就关门睡觉，窑畔上咯地响了一下，便有什么落在院子里了。出来看时，是一个女八路。女八路说：前边战斗很残酷，队伍冲散了，自己掉了队，要求进窑来歇歇。她吓了一跳，但还是让女八路进了窑。

这女八路脸黄黄的，腰身很笨，她一眼看出有着身孕，就越发怜惜起来，做汤烧水，让坐在土炕上。女八路看着他们善良，很是感激，但见只有这一孔窑洞，又见是才成亲的小两口，便觉得住着不便，丈夫也没了主意。她说：

“快上炕，咱们陕北，就是这风俗，家里人几辈睡一个炕哩。”

她让女八路睡在西边，让丈夫睡在东边，她在中间躺下，作了界墙。那女八路还是不肯睡下。她只好推醒丈夫，让他睡到灶口前的脚地，说只许面朝外。丈夫一夜没敢翻身。

她夜里悄悄问女八路：

“你当了几年兵？”

“一年八个月了。”

“打死过人吗？”

“用枪瞄了一个胡儿子，倒下没有起来，我没去看死了没死。”

“你真行，我杀鸡手都颤哩。”

“逼出来的，我爹娘是被胡儿子用刺刀挑死的，族里把我卖给一家当童养媳，我偷跑的。”

她心里动了一下，不自觉看了一眼她的猴猴丈夫。

“现在丈夫在哪？”

“在延安。不知这阵在哪儿打仗。”

“孩子几个月了？”

“七个半月了。”

“真作孽，还敢这么凶跑？”

“我真后悔怀上了，恨不得一把抓了出来！”

第二天，女八路要走，她留住了，说那太危险，路上生养下来，如何了得？女八路就住下来。她也知道了这女八路叫龚娟，是个宣传员。

这天夜里，龚娟肚子果然就疼起来，一扭一扭地疼。她赶忙在灶口的脚地推醒了丈夫，让他出去抱了一捆麦草进来，就把他关在窑外了。两个人都没有生过娃，心慌手抖的，忙乱了几个时辰，孩子总算落了草。她用灰垫了脚地的血水，开门把丈夫叫进来，烧饭烧炕，又拿了一溜红布，挂在窑门栓子上，说是避邪。

孩子是个女娃，瘦得像只猫儿，她们就叫猫猫，龚娟喜欢，她两口也是喜欢，终日关了窑门，不透风声出去。过了十天，龚娟在土炕上坐不住了，要出门去追部队。临走，留下猫猫，给她跪下说：

“大姐，我不能再待了，这孩子带不走，就托付了你，权当你救了一命。要是个好的，你抚养长大，就是你的女儿，要是有个不好，你把她埋了，我一辈子都记着你的恩情。”

她扶起了龚娟，流着眼泪说：

“龚妹子，你放心走吧，我虽是人穷，良心还没坏，你孩子就是我的孩子，我一定好好抚养。等有了好日子，我等着你来接了她去。”

龚娟磕了几个头，抱着孩子又亲又哭，末了，就走了。

她开始在这土炕上养着猫猫长大。她没有奶，孩子饿得蛮哭，她让丈夫去卖了炕上一条新被子，买回来一头奶羊，天天给孩子挤着吃。她在外边放风，说是自己不生养，在路上捡到这个孩子的，村里人也没有生疑。以后自己也真的没生下儿女，两年过去，也不见那龚娟来接女儿，只道是牺牲了，就越发疼这猫猫。

猫猫长到三岁，猴猴丈夫得了痨病，没救得过来，没了。她哭了一场，不去改嫁，从此做了寡妇。那年她刚刚二十六岁。

做了寡妇，日月就更加艰难。她短了言语，轻易不大出门，偶尔窑外跑来几只野猫野狗的，要么撵出去，要么关了门。四邻八舍，谁也说不出个闲话来。

她心性高强，天大的难处，只藏在肚里，人面前不露一点恓惶。猫猫的衣服，虽然不十分鲜亮，但绝对干净。家里一切开支全靠她纺线，她线纺得又快又好，别人每天纺一斤六两，她纺二斤一两，拿到集上去卖，要比别人多卖出好多价。

这年春天，西北方面完全解放了，村子里纺线的人多起来，政府也收购棉线、毛线。她从此就不去集上卖高价了，一律卖给政府。干部表扬她，她公布了猫猫的身世，说：孩子的娘是八路军，人家能拿枪打敌人，她要多纺些线，才配得起是猫猫的养母。村上就选她和一个叫吴二章的到延安去开劳模会，但她终是没去，觉得妇道人家，走不到人前去，评不评模范，反正她是要多纺线的。结果吴二章当了模范，后来跟部队到山西去作战，立了功劳，解放后在西安城里做了干部。她依然还住在羊儿沟，黑天白日在土炕上纺棉花。

解放后，猫猫长大了，她供着去读小学。猫猫学习好，她脸上有光，夜里搂着在土炕上睡，说：

“爱我不？”

“爱。”

“长大养活我不？”

“养活。”

她把猫猫搂得紧紧的。

可是这年秋天，她们正在院子里打枣儿，听见车响，一抬头，沟畔的路上，嘟嘟地开来了一辆小车，跳下一伙城里的人，一直向她家窑门走来，她感到新奇，不知道这是些什么人，正教猫猫说那是小汽车，那伙人就进了院，一位壮年妇女看着她，叫了一声“大姐！”就哭出声来了。她莫名其妙。那女的说她是龚娟，她噢地叫了一声，说“你还活着！”就呜呜咽咽起来了。

这天夜里，她们说了一夜话，龚娟告诉她，当时从这里出去，找着了部队，就开到前线去了，后来又去了新疆，再没有回到陕北。解放后，打问了几次，又没有找到，前一个月才有了消息。

“大姐，真苦了你，这么多年，一把屎一把尿把孩子拉扯这么大，我真不知道怎么感激你呢！现在革命成功了，我真不忍心带了她去，留下你一个人在这里；你还是一块进城去吧，我永远叫你姐姐，猫猫也永远叫你是娘。”

她笑笑，说她有什么功劳，要到城里去？就劝说猫猫认了亲娘，猫猫不去，她倒变了脸。

第二天，她喜喜欢欢打发龚娟母女走了。车一拐过山弯，她却扑沓在路上，哭得哇哇地伤心。

从此，她有了一门亲戚在西安城里，三天两头托人给她们写信。母女俩也给她回信，时常还捎来钱，十元，八元。她舍不得花，买些山货特产又寄去。她们让她去城里游游，她信上应着，却一直没有动身。

猫猫在城里读完高中，龚娟便病故了。不久猫猫参加了工作，信便来得少了，先是两个月一封，后是半年一封，信又越写越短，最后竟再没有来过一句话了。

她却老是盼着，差不多过两天就去邮电所打问。村里人瞧她可怜，说：

“听说猫猫当了局长了。”

“是吗？”

“她真没良心，当了官把你忘了！”

“可不敢说那话！当了领导事忙么。”

“忙总不能忘了你。你把她抚养大了，你能不让她养活。”

“如果是为了如今养活我才收养她，那我成什么人啦！”

这话，是说给别人的，也是说给自己的。于是她就想开了，也不在心里埋怨猫猫。她只是纺她的棉花，春纺到夏，夏纺到冬，挣些钱，一半添了新衣，一半买了粮食。谁要再提说猫猫的事，她就抖着新衣，敲着碗沿说：

“说那话多没出息，我又不是七老八十了，过不去了?!”

只是那大炕，睡起来觉得太硬，一年四季上边铺了麦草。有人让打了那炕，给她盘个小的。她不，说她什么都可以丢下心，就是不舍这土炕，夜里睡在上边，可以做好多梦，梦见她那猴猴丈夫，也梦猫猫母女。

那几年里，省上、县上的干部经常下乡，男的来，女的也来。村里就把女干部派在她炕上来睡。她很乐意，十个八个都让挤在土炕上。她睡得迟，挑灯看她们每一张漂亮的脸，一看见那炕下的鞋，就想起当年和丈夫说的话，没笑出声来，却去把各色各式的鞋放得整整齐齐。早上，女干部刷牙，她也用盐水漱口，人老了，牙齿不齐，但白得像玉。

到她六十岁上，闹起“文化大革命”，到她炕上来睡的女干部就少了。她常常念叨她们，全记着她们的名字。但在人面前，她从来没有提说过猫猫。只是每年枣子红了，她在心里就想起来，很是难过一个时间。

几年过去，社会虽安宁不下来，却从北京、南京、西宁来了好多学生，是插队落户的。她悄悄打问过猫猫，有的稍有知道，说猫猫是走资派，在西安城里曾剃了光头游街。她听了，不禁伤了心，说她看着猫猫长大，从没动过一个指头，如何受得下那份罪？

忽有一日，邮电所送来一封信，她慌得厉害，不知道谁会给她来信，让人代念了，才知是猫猫的，信上写得更可怜，说她犯了错误，现在五七干校改造；说她已有三个孩子，受人歧视，准备要赶到边远的地方去下乡，她不放心，想让大女儿落户到羊儿沟，让养母护着；说她这些年忘了本，没给养母来信，害怕养母不愿意。

她听了，眼泪又流下来，连忙让人写了回信。信上说：

“让来吧，让来吧！我怎么不愿意呢？孩子有了难处，到这儿了，就住在我家，炕还是那老土炕，我也不孤单，谁也不敢欺负孩子的，快让来吧！”

猫猫的大女儿不久就来了。这孩子十六岁，叫秀秀，和猫猫眉眼儿似像。一见面，秀秀叫她一声“奶！”她叫着猫猫的名字，搂着就哭了。

从此，土炕上睡了秀秀，夜夜她给孩子讲猫猫小时候的事，婆孙俩就笑一笑。秀秀也讲这几年家里的遭遇，她抹一阵眼泪，成半夜睡不下觉。

秀秀什么也不会做，她教着认庄稼、拿锄、洗衣服，叮咛人品要正，要舍得出力。秀秀也乖，样样听她的，收工回来，见她做好了饭，总要第一碗让她先吃，她乐得脚颤手抖。

过了冬天，秀秀来了例假，吓得不知道怎么办，她经管着，讲了好多事情，不让秀秀动冷水，不让干重活。秀秀反应大，身子不舒服，想起娘，夜里老哭，她就彻夜坐着劝说。村里人见她护着秀秀，谁也不敢作践。

待了两年，秀秀越发变成个大姑娘，肩膀宽了，胸脯高高挺起来，出脱得很漂亮。其中回了三次西安，猫猫让捎回了好多衣服给她。

她问秀秀：

“乡里好？城里好？”

“乡里好。”

“将来你娘在城里住着难受了，让她也来住。”

“那该是好，我就一辈子守着奶奶。”

“那我以后就给你招个女婿上门吧。”

“可往哪儿住呀？”

“这么大个土炕，还没你小两口睡吗？”

“嘻嘻……”秀秀脸红得像朵花。

过了春天，秀秀又进城去了，她让给猫猫捎话，说要愿意到乡下，全家都可来住在她家，看谁还敢剃了头发游街？秀秀回去后，却一个月没有回来。她很焦急，担心是在路上出了事，就拍电报去城里。不久，信回来了。

信是秀秀写的，说回到城里，正赶上娘平了反，又恢复了局长职务。便要让她们在乡下的姐妹都调回城。

“可我还想回羊儿沟，我舍不得离开你，”秀秀在信上写道，“我睡惯了热土炕，睡在楼上的沙发床上，反倒睡不着呢。”

她一颗心放了下去，又一颗心提了上来，怕秀秀万一不能回来。村里人都在说：

“秀秀不会回来了，人家一定是有了工作，还来乡下受苦吗？”

“秀秀说要回来的，她说我这土炕好呢。”她总是这么说。

但是，秀秀到底没有回来，信倒来了四封，果然是工作了，信上尽是感激话，说永生永世不会忘了她的恩情，为了报答老人，就将那一套铺盖、衣物、用品，都留给她。只要求把户口关系代办一下，转进城就是了。

她听了，没有言语。当天下午，踮着小脚去办了户口，连夜邮寄去了。回来睡在炕上，只觉得炕大、炕空，天明时，浑身发烧，睡倒不起了。

这一病，睡了十五天，等下了土炕，人老了许多，头发全白了，棉花也没力气去纺，只能一天做三顿饭，饭也吃得寡味。秀秀以后也没有来信，村里人作了研究，就“五保”了她。

她言语越发少起来，更是不大出门，终日坐在土炕上。土炕是太大了，她觉得占了地方，实在不合算。那灶台也大，一个人全然用不着那么大个锅。那窑墙上的架板上，米面盆儿，油盐罐儿，也放得不是个地方。她有心去拾掇，没有力气，就眯着眼，像是睡觉，其实醒着，醒得又不清白，黑天白日都是这样了。

眼睛不甚济事，耳朵却还灵，听院里风响，是一片树叶又在旋了。接着，窑畔上有了脚步声，一直响到窑门口。她叫一声："吴三章！"门帘一挑，进来的果然是吴三章。

吴三章是当年吴二章的弟弟。"文化革命"中，吴二章受了批斗，后来折磨死了，如今平了反，坟迁埋在城里烈士陵园，吴三章便成了烈属，有了优待，日子十分滋润，近来常来串门。

"嫂子，你真可怜，秀秀她们如今平了反，又是做官，你怎么还是这样？"

她总是笑笑。

"你为什么不向她们要呢？"

"我五保了，我还要什么呀？"

"天底下还有这没良心的，有难了就记着了你，好过了便全忘记。"

她再不说话，两人就默默坐半天，吴三章起身走了。

又过了三个月，她病复犯，一睡倒再不得起来，她知道自己不行了。村里人轮流照看她，吴三章对她说：

“给秀秀母女打个电话吧，让她们接你去西安，住大医院看看，或许会好了呢。”

她不同意，说是活到时候了，不必告诉秀秀母女，更没必要进城去治了。果然第三天黎明，她气弱得只有出的，没有入的。村里人都围在土炕边，她说：

“都上炕坐吧，这土炕大，能坐得下。大家都来看我，我也死得下了。只是担心秀秀她们，害怕我这一死，她们如果再有个什么难了，可来找谁呀?!”

说罢，便咽了气，眼睛没有合住。

众人哭了一场，替她揉合了眼睛，把她埋在窑外的塄畔上。

窑空起来，村里没人去住，就锁了门。几年光景，没了烟火，窑在雨天里塌了，把大土炕埋在里边。后来，县上、省上的干部经常来下乡，好些女干部到羊儿沟，问起了她。知道人死了，窑塌了，都伤心落泪，怀恋那土炕，说土炕真好，又大，又舒服。

原载《钟山》1983年第2期

小城街口的小店

"丽丽回来了?"

"它能不恋着黄黄吗?"

"黄黄一直没有出去?"

"可不是病了呢。"

"咳，那全是累的。"

"累的。"

"巢，这回该能编好吧?"

"能吧!"

中午的这时候，小店里两个人在说着话：一个是店的主人，一个，还是店的主人。

小店里卖着饺子，半天了，还没有几个吃客。主人耐着功夫将饺子仔仔细细地包：中间鼓凸凸的，压着皱儿，边角又小心翼翼地捏了齿儿，好看得像年三十夜给孩子烧的面香包。一行一行的，案板上已经摆满了，店的主人，坐在一条长凳子上看着店门外的柳树。

柳树很老了。早在老汉穿开裆裤的时候，柳树就长在这儿，如今他六十五岁了，柳树还是这个模样；只是躯干已经空洞，敲着嘭嘭响。树枝上的巢里，住着一对白眼圈、黑肚子的鸟，整天喊喊喳喳。老汉叫那大的丽丽，老婆叫那小的黄黄。鸟儿出去衔柴棍儿，他们就目送着飞过长街，一直消失到那城墙角儿。

这是岭南最西边的一个很小的县城，城墙至今还在，破破烂烂像一圈腐朽的篱笆。城中央还有着一个钟楼，四个门洞已经封了，上面空悬着一口钟。城的四边是山坡，新建了许多楼房，依山排叠，前墙垒起十几丈，后墙却仅仅三五尺。四面围起来，像个筛子，一条条小巷就是筛子的竖眉根儿，向着城中的大街。大街仅一条，老长老长，门面全染了品蓝，颜色似乎不吉利，却偏一直流传下来。这小店就在街口，立身不高，台阶却不低，一到夜里，电灯吊在房檐下，从城四边高处能看到，从长街的那头也能看到。

小店没有什么字号，柳树身上挂着摊贩准许证，却是两个，用镜框装着，一个写着老汉的名字，一个写着老婆的名字。冬日里短，小店开得早，关得迟，却也没有多少人来吃饭，两个店主人就围着火盆儿，说前朝，道后代。

老汉是城里的老户，据说前五代祖先，还做过这个城的知县。老汉三十岁上，便在城关中学当校工，四十三岁，没了妻子，拉扯着女儿磨男寡，前年退了休。女儿在商店工作，女婿在县上当科长。小两口待他很好，细粮全让他吃，穿着也总是里外新，但他却越来越病多。一场瘫病，总算好了，却从此一条胳膊变硬，不能打弯儿。老汉一辈子热心肠，经常帮人难处，落了个好人缘儿，在城里受人尊重。女儿、女婿也觉着脸上放光。春天里，老汉突然对女儿说，他要找个老伴了。女儿女婿哧地笑了，以为是说趣话。等老汉说了那要找的女人的身世姓名，并说准备就要结婚时，小两口脸面才失了颜色；好说歹说，老汉主意不变。末了，女儿就托人去劝说那家的老婆子。

那老婆子是城东五里外大杨庄人，六十一岁，也是四十出头守了寡，门庭前一直名声高尚。早年在城里当保姆，供那独生儿子念书。儿子现在县工交局当了局长。儿媳妇是一个剧团演员，两个孙子都已上学。老婆子跟儿子享清福，大杨庄的人眼热，说寡妇亏得一生贞节贤惠，得了好的晚年。只是，老婆子早年的风湿关节炎加重了，儿子他们白儿黑夜出去上班了，看电影了，独自守着家，空落落的，久而久之，也就感到孤寂难堪。这时突然提出要嫁人；经别人一撮合，对上了退休校工，各人的名声都早听说过，事情就变得简单，私下里把事情说定了。

这事情立时就传遍城里，人们当作笑话谈，说他们活糊涂了，不庄重了。两方做儿女的，更是恼火，但也只能以好多道理说服。

“爹，是我们虐待你了吗？”老汉的女儿说。

“没。你们是孝顺孩子，爹全知道，爹如今退休了，不能英英武武地做事、挣钱了，但我说没有吃的，向你们要吃，你们总是要给的吧？”

“给呀！”

“我说没有穿的，向你们要穿，你们总是要给的吧？”

“给呀！”

“可我说我太寂慌了，向你们要，你们能给我吗？”

“寂慌？”

女儿觉得这词儿太古怪，怎么冒出这么个词儿呢？

“爹，二十年里你还不是一个人过来的？人老了还能坐不住吗？如今你有了外孙，一家人和和气气，你寂慌什么呢？”

老汉苦涩地笑了一下，头却摇起来了。

“这怎么说呢？咳，说给谁听呢？”

两家老的、少的，各自就联合起来，分头想着说服的法儿。终于有一日，做儿女的，将两个老人叫到一起，语带威胁了，说他们都是在众人面前走动、说话的人，如今自己老人这样，岂不影响了他们的威信？接着，又都哭哭啼啼，好不让人同情。可两个老人还是不吐一个“了”字。儿女们就到城关公社，向文书走了后门，暗中把事情做了安排。

两个老人去领结婚证，果然没能领到。

婚事办不了，两个老人却双双去了税务所，各自办了小摊贩准许证，说要办小吃店。做儿女的当然高兴，供粮，供柴，供油盐酱醋。可是，两个老人却合在一起，开办了这个小小的饺子店了。

一个店两个户主，两个户主开着一个店。

小小两间门面，中间用墙隔儿，一间是内室，支了两个单人床；中间一张桌子上，放着纸糊的小盆，盛着烟丝。每天夜里，一个暖壶，你暖热了被窝，再给我来暖；一把水烟袋，一个抽足了，伸手递过去，一个接着抽。人老三件事：怕死，话多，没瞌睡；彻夜说说笑笑。

另一间，就是店堂，支一张案板安一张桌子，锅台盘在台阶上，正对着窗子。老婆腿不好，在窗内案前坐下擀皮包馅，老汉一个胳膊不便，跑出跑进，加水添火。客人一进店，说了碗数，老婆在窗里喊：“两碗饺子！”老汉在窗外应：“两碗饺子！”客人走了，那剩饭晒在台阶上，逗那柳树上的鸟儿来吃。夜里刮了风，鸟巢刮掉了半边，两人伤心叹气，看着鸟儿出出进进衔那柴棍，老婆就叫老汉出去捡了好多柴火放在树下，但鸟儿总是要从外边衔，使他们很是一阵遗憾。

天很冷，老婆坐在案边包饺子，老汉就拿了小毡子盖在她的膝盖上，又把火盆放在案下。

“我用不着！”老婆说，要把火盆挪过去。

“听话点！”老汉说。

“冻不了。”

“放在那儿就放着！”

“放着就放着。”

老汉剥了蒜苗，洗了，拿刀去切。

“谁叫你去切！”老婆说。

“剁不了手的。”

“慢一点！”

“慢一点就慢一点。”

老汉的女儿和老婆的儿子，从来是不来的；孙子、外孙来了几次，做父母的唬了几次，孩子也不来了。但是，店里没面了，没柴了，老人打个电话，做儿女的还是要给的，很快就让别人背了来。

城里人都提这个小店，进店吃饭的却还是很少。两个老人一天卖不了几个钱，他们也不发急，也不去大声吆喝。没人来吃，自个儿煮着吃，一个饺子碟儿，两双筷子，蘸着辣酱，你一口，我一口。俩老人不时就吃慢了，要说：

"咱没犯法吧？"

"咱犯什么法！"

"咱是没有为儿女吗？"

"咱为什么要为儿女呢！"

"儿女也不为咱！"

"儿女也不为咱。"

"咱怕要把什么都失了呢。"

"咱有这个店呢！"

"有这个店呢。"

小店开了半年，城里的议论并没有一阵风过去，每天都有人说着，而且常说常新。

老汉从此也不再知道这长街上的三十三盏路灯，哪一夜哪一盏不亮了，也估计不来夏日的那个卖冰棍的小个儿女人，一天能卖出多少冰棍，能获得多少利润了。只是，身体却一天一天好起来，没有犯什么毛病，老婆也显得富态多了。

老人的儿女们依然没有来过，城里的人却慢慢来店里多了，虽还是不吃那饺子，但爱听这两个店主人说些趣事。

两个老人说着说着，就又说起那柳树上的鸟儿了：

"昨夜风真大，我真担心鸟巢要刮掉了。"

"我也是。"

“我听见丽丽和黄黄说了一夜话哩！”

“我也听见。”

“它们不会搬走吧？”

“不会吧！”

“那鸟巢刮掉了呢？”

“哪能刮掉！”

“真要刮掉了呢？”

“再造嘛，只要这柳树不倒，它们会有巢的。”

“会有巢的。”

1982 年